Irmgard Stürmer ▪ Die Mondfrau

Für M.S.

Irmgard Stürmer

Die Mondfrau

Der lange Weg zurück ins Leben

© **Alle Rechte liegen bei der Autorin**
   1. Auflage 11.Juni 2003

Verlag:
   win win training
   Breitscheider Weg 12, D – 40885 Ratingen

Herstellung:
   Books on Demand GmbH, Norderstedt

ISBN 3-8330-0556-4

Der Faden

Drei Monate noch, vielleicht...
Sagte die Parze im weissen Kittel

So wirken wir beide eifrig den Faden,
Trotzen der Schere
Über den Köpfen

Die uns nicht hindert, weiterzuwirken,
In dem Bewusstsein der Kürze der Zeit
Die uns nicht hindert, weiterzugehen,
In dem Bewusstsein gemeinsamer Stärke
Die uns nicht hindert, weiter zu lieben,
In dem Bewusstsein, wir wachsen zusammen

So ergibt sich ein festerer Faden,
Den wir gemeinsam jeden Tag weben

Hoffend, er trägt uns, wenn es so weit ist,
Ganz wie die Spinne, die, wenn sie fällt,
In sich die Kraft hat, die sie erhält

1

Naturkatastrophen kündigen sich häufig an, bevor die Menschen auch nur eine Ahnung von dem haben, was auf sie zukommt. So verändern die Tiere vor einem Erdbeben ihr Verhalten, und Seismographen registrieren die Schwingungen der Erdkruste, lange bevor die Menschen bemerken, dass sie auf schwankendem Grund stehen.

Nichts deutete an diesem ganz gewöhnlichen Januarmorgen darauf hin, dass das Leben von Lisa und Thomas Ebeling innerhalb kürzester Zeit wie durch ein Erdbeben in seinen Grundfesten erschüttert und nie mehr sein würde wie zuvor. Später würde sich Lisa daran erinnern, wie sie in der Küche gestanden und das Mittagessen vorbereitet hatte. Sie würde sich daran erinnern, wie sie durch die schmutzigen Scheiben des Küchenfensters gesehen hatte und sich dabei vornahm, demnächst die Scheiben zu putzen.

Sie hörte, wie das Telefon klingelte, kümmerte sich aber nicht weiter darum, weil sie wusste, dass Thomas, ihr Mann, im Nebenraum war. Es war sicher einer seiner Mitarbeiter oder ein Freund oder Bekannter.

„Das war die Klinik. Sie wollen, dass ich heute noch vorbei komme". Seine Stimme klang ruhig und sachlich, so, als hätte er gerade mit dem Gärtner telefoniert. Er räusperte sich und ergänzte: „Es ist ein komplizierter Befund, sie wollen am Telefon nicht weiter darüber reden".

Sie hatte sich bei seinen letzten Worten von der Küchentheke weg zu ihm umgedreht. Da war die unsichtbare Faust schon mitten in ihrer Magengrube gelandet, noch bevor sie irgend einen klaren Gedanken fassen konnte. Sein Gesicht war sehr blass und trug einen Ausdruck von Bedauern, als er hinzu setzte: „Es tut mir leid."

Ein Knäuel schien in ihrer Magengegend zu wachsen. Es breitete sich in Windeseile aus, machte Atmen und Sprechen zu einer Anstrengung.

„Meinetwegen können wir sofort fahren. Haben sie dir einen Termin gegeben?" Sie bemühte sich, ihre Stimme ruhig und sachlich klingen zu lassen, als sie nachfragte: „Gibt es schon eine genaue Diagnose?" Sie vermied das Wort, das Wort, das sie während der letzten zwei Wochen immer versucht hatte, aus ihrem Bewusstsein zu verdrängen, das sich dort aber eingenistet hatte seit dem sachlich emotionslosen Kommentar des Arztes während der letzten Untersuchung: „Wir brauchen eine Knochenmarkprobe von Ihrem Mann. Die Milz ist vergrössert. Wir müssen dem nachgehen".

Thomas war seit drei Jahren Herzpatient in der Universitätsklinik. Nach seinem Präinfarkt hatten sie ihr Leben umgestellt und sich arrangiert mit Diätkost und einem konsequenten Bewegungsprogramm. Ihrer beider Leben schien gerade wieder im Gleichgewicht zu sein, als dieser merkwürdige Befund, der gar nichts mit Thomas' bisherigen gesundheitlichen Problemen zu tun hatte, Lisa in grösste Unruhe versetzte.

Auf ihre besorgten Nachfragen hatte sie keine befriedigende Auskunft erhalten, bis auf die lakonische Aussage, mit dem Ergebnis der Knochenmarkpunktion sei in etwa zwei Wochen zu rechnen. Seit ein paar Tagen war die Zeit abgelaufen, und sie hatte währenddessen die hartnäckige Hoffnung genährt, alles sei in bester Ordnung.

„ Ist egal, wann wir kommen. Wir sollen uns beim Chef der Medizinischen Klinik melden". Thomas wirkte geistesabwesend, als er in den Wagen stieg und den Motor startete, aber ihr Angebot, ihn zu fahren hatte er abgelehnt.

Während der Fahrt sah Lisa aus dem Fenster, aber sie wusste nachher nicht mehr, ob er den Weg durch die Stadt oder über die Autobahn gewählt hatte. Sie grübelte darüber nach, um welche Art von Krebs oder um welche andere ebenso schreckliche Krankheit es sich wohl handelte.

Weshalb sonst wurden sie extra zu einem Gesprächstermin vorgeladen, noch dazu beim Chef der Medizinischen Klinik, den sie bislang noch gar nicht kennen gelernt hatten. Verstohlen musterte sie sein Gesicht von der Seite, aber sein Gesichtsausdruck verriet nichts von dem, was in ihm vor sich ging.

Vor vierzehn Tagen waren sie nach der Untersuchung in die Stadt gefahren. Als sie in einem Café sassen, war es mit Lisas Fassung vorbei. Der Raum war voller Menschen, aber je mehr sie versuchte, die Tränen zurück zu halten, desto mehr kamen nach, ein Strom, den sie nicht kontrollieren konnte. Sie fühlte sich elend und hilflos und war gleichzeitig wütend auf sich. Wie konnte sie so die Beherrschung verlieren. Schliesslich war es Thomas, um den es ging, aber es half nichts. Sie fühlte sich wie ein Tier, das versucht, sich vor einer drohenden Katastrophe zu schützen, aber keinen Unterschlupf findet.

„Wir wissen ja noch gar nichts. Mach dich nicht verrückt, bevor das Ergebnis da ist", hatte er versucht, sie zu trösten. „Wenn es so weit ist, werden wir sehen, was zu tun ist. So lange belastet mich die Sache nicht".

Lisa wusste, dass er das nicht nur sagte, um sie zu trösten. Er dachte wirklich so. Sie hatte ihn oft um die Fähigkeit beneidet, sich nur mit den Problemen auseinander zu setzen, die gerade anstanden.

Lange Jahre Berufsleben als Unternehmer hatten ihn vor seiner Herzkrankheit diese effiziente und Energie sparende Geisteshaltung gelehrt.

Als sie das Gebäude der Medizinischen Klinik betraten, nahm Lisa Thomas' Hand und drückte sie fest. Diesmal würde sie nicht die Fassung verlieren.

2

„Es ist eine ziemlich aggressive Art der Leukämie, die möglichst schnell behandelt werden sollte". Sie sassen in einem winzigen Raum, der mehr Ähnlichkeit mit einer Abstellkammer als mit einem Büro hatte. Schon bei der Begrüssung des Arztes war Lisa klar geworden, dass er sehr schlechte Neuigkeiten für sie beide hatte. Sein Gesichtsausdruck war ernst und konzentriert, so als wenn er sich jedes Wort, das er zu sagen vor hatte, genau überlegen würde. Seltsamer weise passierte nichts Spektakuläres, als der Begriff fiel, auf den sie in ihren schlimmsten Befürchtungen nicht gekommen war. Die Bücher und Aktenordner, die sich auf den Schränken über ihren Köpfen stapelten, fielen nicht über ihnen zusammen, niemand brach in Tränen aus oder verlor auf eine andere spektakuläre Weise die Fassung. Im Gegenteil, es war eine ihr selbst unheimliche Ruhe, die sich in Lisa ausbreitete, eine Art von bizarrer Erleichterung. Vorher, in der Zeit des Nichtwissens, der Spekulation, war es ein Gefühl der unbestimmten Bedrohung, eines langen Schattens gewesen, was ihr ständig zugesetzt hatte. Nun wussten sie wenigstens, mit welchem Feind sie es zu tun hatten. Sie hatte keine Ahnung, was in Thomas vor sich ging, aber sie drückte seine Hand ganz fest. Sie waren zusammen, und sie würden das Ganze zusammen durchstehen, egal, was es für sie beide bedeutete.

„Wie schlimm ist es?" Thomas' Stimme klang ruhig und sachlich, so wie bei einer geschäftlichen Besprechung. Das Gesicht der weissen Parze blieb ernst, es gab kein ermutigendes Lächeln für sie beide.

„Der Blastenanteil, also der Anteil der Krebszellen, liegt bei 28 Prozent. Sie sollten mit einer Behandlung nicht mehr allzu lange warten".

„Wieviel Zeit habe ich noch?" Die Stimme neben Lisa blieb ruhig und sachlich.

Der Arzt räusperte sich und rutschte auf seinem Stuhl hin und her: „ Ohne Behandlung vielleicht zwei Monate, eher weniger".

Sie spürte, wie sich der Druck von Thomas' Hand verstärkte, während die Worte des Arztes im Raum hingen, bis sie zu Steinen auf Lisas Brust wurden, die ihr das Atmen schwer machten.

„Ich könnte meinen Kollegen zu uns bitten, der für Ihre Art der Leukämie Spezialist ist, Professor K. Er kann Ihre Fragen sicherlich präziser beantworten als ich. Er hat auch Ihren Befund erstellt".

Der Arzt sah sie beide fragend an. Zum ersten Mal, so schien es Lisa, hörte sie einen Hauch von Mitgefühl in seiner Stimme. Sie brauchte ihren Mann nicht anzusehen, um zu wissen, dass er zustimmen würde. Er war kein Mensch, der Probleme einfach wegschob. Er brauchte Fakten, um Lösungsstrategien entwickeln zu können. Auch in dieser Situation der existentiellen Bedrohung blieb er sich treu. Sie hätte ihn am liebsten in die Arme genommen, um ihm zu sagen, wie sehr sie ihn liebte und bewunderte, aber es war nicht die Zeit für überbordende Gefühle. Sie spürte, dass er seine Sachlichkeit brauchte, um die Situation unter Kontrolle zu halten. Emotionen würden ihnen beiden im Augenblick nicht weiter helfen, und so würgte sie alle aufsteigenden Ängste und Zweifel herunter und erinnerte sich an den Vorsatz, mit dem sie hergekommen war. Ihr Herz allerdings liess sich von diesen rationalen Erwägungen nicht beeindrucken, und als Professor K. den Raum betrat, klopfte es bis in ihren Hals.

„Es ist gut, dass Sie so schnell gekommen sind", damit drückte er beiden die Hand, ein schlanker Mann in seinen frühen Fünfzigern.

Thomas kam sofort auf den Punkt: „Ihr Kollege hat schon angedeutet, dass die Zeit knapp ist.

Sind Sie sicher, dass kein Irrtum möglich ist, ein verfälschter Laborwert vielleicht?"

Lisa erschrak vor so viel Hoffnung in der vertrauten Stimme. Sie fürchtete wie Thomas die letzte endgültige Gewissheit mit all ihren Konsequenzen.

„Ganz sicher, darauf wette ich meinen Kopf. Es handelt sich um eine MDS, ein Myelodisplastisches Syndrom".

„Und was, bitte, ist das genau?" Thomas hatte zu seinem sachlichen Ton zurück gefunden.

„Die Krankheit zerstört das Knochenmark, genau gesagt, die Blut bildenden Zellen. Ihre Weissen Blutkörperchen sind schon erheblich erniedrigt, die Blutplättchen und die Roten liegen nur noch im unteren Normbereich".

Lisas medizinische Grundkenntnisse reichten aus, um die Dimension dieser Aussage zu erahnen. Thomas war in akuter Lebensgefahr. Sie spürte, wie ihr warm wurde. Die ganze Szene hatte etwas geisterhaft Unrealistisches an sich. Ein Film, der vor ihr ablief, dessen Handlung ihr nicht gefiel. Es gab aber keinen Knopf um abzuschalten.

„Wie genau sieht die Therapie aus?"

„In Ihrem Fall würde man eine Chemotherapie mit anschliessender Stammzellentransplantation machen".

Lisa ahnte, dass sich hinter diesem monströsen Begriff ein monströser Inhalt verbarg. Sie war sich nicht sicher, ob sie mehr Details hören wollte.

„Wie hoch sind die Risiken dieser Behandlung?" Thomas ergänzte erklärend: „Ich muss wissen, womit ich es zu tun habe, damit ich mich entsprechend darauf vorbereiten kann".

Die Augenbrauen des Arztes schnellten für einen Moment in die Höhe. Er machte sich sein Bild über einen möglichen Patienten und schien verwundert über Thomas' systematische Art, Fragen zu stellen.

So, als ob es darum ginge, ein geschäftliches Problem zu lösen und nicht um Leben oder Tod.

„Die Risiken der Behandlung sind sehr hoch, so hoch, dass Sie dabei sterben können. Durch die Chemotherapie zerstören wir Ihre Krebszellen, aber leider auch die gesunden Blut bildenden Zellen. In dieser Zeit wird Ihre körpereigene Abwehr ausser Kraft gesetzt, so dass Sie extrem Infekt gefährdet sind".

„Warum muss das so sein?" Unerbittlich arbeitete sich Thomas in die Problematik vor, wie jemand, der versucht, Ordnung in ein Chaos von Informationen und Gefühlen zu bringen. Bei Lisa verstärkte sich das Gefühl, Zuschauer eines Filmes zu sein, dessen Handlung sie mehr und mehr abstiess. Die Inhalte, um die es hier ging, waren so schwer fassbar, dass sie unfähig war, sie auf ihre persönliche Situation zu beziehen.

Der Arzt nahm sich Zeit, bevor er auf Thomas' Frage antwortete. Er strahlte viel Geduld und eine unaufdringliche Freundlichkeit aus, und Lisa hatte mehr und mehr das Gefühl, man könne ihm vertrauen.

„Das Knochenmark muss sauber, also frei von Krebszellen sein, sonst können wir nicht transplantieren. Gleichzeitig müssen wir Ihre körpereigene Abwehr ausschalten, weil der Körper sonst das Transplantat, also die Stammzellen vom Spender, nicht annimmt, sondern abstösst".

„Reden wir mal über den Zeitrahmen. Wie lange dauert eine solche Behandlung?" Thomas' Wissensdurst schien unerschöpflich, aber Professor K. liess keine Ungeduld erkennen: „Die Chemotherapien – wir müssen eine kleinere vorschalten, bevor es mit der zweiten richtig losgeht – und die anschliessende Transplantation, das alles dauert circa vier Monate. Zwischen der ersten und zweiten Chemo liegt eine Pause, in der Sie nach Hause können.

Dazu muss man aber noch die Rehabilitation nach der Transplantation rechnen. Das kann bis zu einem Jahr, eventuell auch noch länger dauern".

Thomas räusperte sich zum ersten Mal, bevor er

14

seine nächste Frage stellte: „Wie hoch sind die Erfolgschancen?"

Professor K. zögerte einen winzigen Moment, bevor er antwortete: „40 zu 60".

„Das reicht mir doch. Dann bin ich bei den vierzig Prozent".

Lisa hatte keine andere Antwort von ihrem Mann erwartet, aber die nüchternen Zahlen verbargen harte Kämpfe, die auf sie beide zukamen.

„Hätten Sie etwas dagegen, wenn wir den Befund noch von einer zweiten Seite verifizieren liessen? Verstehen Sie mich bitte nicht falsch ..."

Der Arzt unterbrach Thomas: „Auf keinen Fall, manchmal ist es gut, eine zweite Meinung einzuholen, obwohl ich mir in Ihrem Fall absolut sicher bin." Sein Gesicht wurde sehr ernst, als er hinzufügte: „Sie sollten nicht mehr allzu lange mit einer Behandlung warten. Ihre Krankheit ist in einem ziemlich fortgeschrittenen Stadium."

„Und es gibt keine Alternative zu einer Transplantation?"

Der Arzt schüttelte den Kopf, sein Gesicht wirkte fast traurig, so, als ob es ihm aufrichtig leid tue, keine erfreulicheren Informationen zu haben. In diesem Moment hatte er Lisas Vertrauen gewonnen.

Thomas seufzte: „Wann könnten Sie anfangen?"

„Wenn Sie wollen, schon am kommenden Montag. Sie sollten sich aber heute noch nicht festlegen. Überschlafen Sie alles am besten, bevor Sie sich entscheiden. Es reicht, wenn Sie uns am Wochenende anrufen.

Dann können wir auf der Station ein Zimmer für Sie vorbereiten. Ich gebe Ihnen die Telefonnummer".

Lisa verbrachte den restlichen Tag wie in Trance. Schweigend fuhren sie nach Hause, und schweigend dehnte sich die Zeit bis zum Abend.

Das Mittagessen fiel aus, Thomas zog sich nach ihrer Rückkehr aus der Klinik sofort in sein Arbeitszimmer zurück. Lisa wagte nicht, ihn dort während des Nachmittages zu stören. Seine Tür war fest verschlossen, nicht angelehnt, ein Bollwerk gegen überflüssige Worte. Was gab es angesichts dieser Fakten noch zu sagen?

Sie konnte sich später nicht daran erinnern, wie der restliche Tag verlief. Sie wusste nur, dass sie das Haus nicht verlassen und nichts gegessen hatte. Die Faust, die morgens in ihrer Magengegend gelandet war, hatte sich in einen Stein verwandelt. Essen und Trinken waren belanglos geworden, Bestandteile eines Lebens, das in seiner alten Form seine Gültigkeit verloren hatte.

Irgendwann, das wusste sie später noch, hatte sie an diesem Nachmittag aus dem Fenster ihres Zimmers in den Garten gesehen. Normaler weise beruhigte sie der Anblick der Bäume und Blumen, aber diesmal hockte der hässliche Dämon der Angst schon in ihrem Nacken und drückte ihr die Luft ab, so dass sie kaum wahrnahm, was sie da draussen sah.

Die Ereignisse in der Klinik wurden an diesem Tag mit keinem Wort mehr erwähnt. Sie sassen den ganzen Abend vor dem Fernseher. Beim Zubettgehen

16

konnte sich Lisa schon nicht mehr an den Film erinnern.

Einsam

Hände schütteln, reden, lächeln
Unsichtbare Fäden
Lenken das Marionettentheater
Alle Rollen schon vergeben
Ich habe meinen Text
Vergessen

3

Am Samstag Abend waren sie bei Thomas' Schwester und seinem Schwager eingeladen. Freunde waren gekommen, um mit ihnen eine gemeinsame Fahrt ins Wochenende zu planen.

Irgendwann sagte Maria, Thomas Schwester, mitten in das Stimmengewirr: „Thomas und Lisa werden an dem Wochenende nicht mitfahren können."

Alle Gesichter wandten sich den beiden zu, und wieder beschlich Lisa das Gefühl, Zeuge einer Szene zu sein, mit der sie nichts zu tun hatte, die sie lediglich als unbeteiligte Zuschauerin verfolgte.

„ Ich muss am Montag in die Klinik zur Chemotherapie. Ich habe Leukämie". Bei den letzten Worten versagte seine Stimme, und Thomas verliess fluchtartig den Raum.

Lisa verspürte keinerlei Veranlassung, ihm zu folgen, obwohl sie betroffen darüber war, dass er in der Öffentlichkeit dermassen die Fassung verlor. Einige der Freunde folgten ihm nach draussen, bestürzt und verwirrt. Die anderen blieben einfach sitzen, genau wie Lisa, neben sich eine Bekannte auf dem Sofa, stumm dasitzend, ohne sie zu berühren oder auch nur anzusehen. Ein tiefer Graben schien sie plötzlich voneinander zu trennen.

In dem Moment begannen die Brücken zu Lisas Umwelt Feuer zu fangen. Es war nichts, was sie bewusst tat, mit irgendeiner Absicht. Es war die plötzliche und sehr klare Erkenntnis, dass ihre Welten nun nichts mehr miteinander zu tun hatten. Thomas und sie würden von nun an da leben, wo das Thema ‚Freizeitgestaltung' zum Fremdwort wurde, zu einem bizarren Begriff, dessen Bedeutung man zwar kannte, unter dem man sich aber kaum noch etwas vorstellen konnte. Es stand für Lisa von vorn herein ausser Frage, dass sie Thomas in diese Welt folgen würde.

Er hatte sie am Vormittag während eines Spaziergangs, als sie darüber diskutierten, ob er sofort die Therapie beginnen oder noch einen zweiten Befund abwarten sollte, unvermittelt gebeten:

„Egal, was passiert, aber lass mich nicht allein".

Die Bitte erschien ihr fast obszön. Sie gehörten doch zusammen. Hegte er etwa Zweifel, sie würde ihn in seiner Not im Stich lassen? Es ging nicht nur um seine, es ging um ihrer beider Existenz. Thomas war ein Kämpfer, das hatte sich schon vor drei Jahren in der ersten grossen Krise ihrer Ehe gezeigt, als es darum ging, seinen Fast-Infarkt zu überwinden. Wie ein Leistungssportler hatte er in den Monaten der Rehabilitation seinen Körper systematisch wieder aufgebaut und seine Belastungsfähigkeit Schritt für Schritt fast vollständig wieder hergestellt. In dieser Zeit hatte sie begriffen, dass die meisten Schlachten im Kopf gewonnen werden. Sie, die als kleine Lisa nie gelernt hatte zu kämpfen, die als Nesthäkchen allzu behütet gross geworden war, würde nun mit allen ihr zu Verfügung stehenden Mitteln versuchen, ihrem Mann beizustehen.

Sie hatte keine Ahnung, was auf sie zukam, aber seitdem sich Thomas am Sonntag in der Klinik für die Therapie angemeldet hatte, lebte Lisa in dem Gefühl, eine Lawine losgetreten zu haben, deren zerstörerische Gewalt für sie beide unabsehbar war.

Als ob sie geahnt hätte, dass sie bald alle ihre Kräfte brauchen würde, hatte sie vor einem halben Jahr ihren Beruf als Lehrerin aufgegeben. Zu dem Zeitpunkt arbeitete Thomas' Leukämie noch im Verborgenen, und er hatte gelernt, mit seiner Herzkrankheit zu leben.

Der Rückzug aus ihrem Beruf als Lehrerin war eine Überlebensfrage für Lisa geworden, nachdem für sie die Gefahr immer grösser geworden war, sich in einem menschenfeindlichen rigiden System, das jeder Form von Erneuerung misstrauisch gegenüber trat, sinnlos aufzureiben. Nach sechzehn Berufsjahren war ihr die Entscheidung, den Beruf aufzugeben, der Teil ihrer Identität geworden war, nicht leicht gefallen. Sie würde sich auf lange Sicht eine neue Aufgabe suchen, um die Fähigkeiten, die sie während ihres Berufslebens erworben hatte, weiterhin zu nutzen.

Nun fiel ihr durch Thomas' schwere Krankheit eine Aufgabe zu, die sie sofort anzunehmen bereit war.

Die Kräfte, die sie in den Jahren zuvor für ihren Lehrberuf gebraucht hatte, wurden nun frei. Frei für den Kampf um ihrer beider Existenz.

Lisa wusste nicht, wieviel ihr abverlangt werden würde, aber sie wusste genau, wofür sie sich darauf einliess. Seit ihrer Heirat war Thomas zum Mittelpunkt ihres Lebens geworden. Sein Kampf würde auch ihrer sein, und sie war fest entschlossen, ihm immer das Gefühl zu geben, nicht alleine zu sein.

In der Nacht, bevor er in die Klinik musste, betrachtete Lisa den geliebten Körper neben sich. Er schlief, und sie war froh, dass er nicht wie sie schlaflos da lag und grübelte. Morgen begann ein neues Leben für sie beide. Sie würde die meiste Zeit in der Klinik bei ihm verbringen. Das war das einzige, was sie sicher wusste.

Was die kommenden Wochen und Monate aus ihnen beiden machen würden, davon hatte sie nicht die geringste Vorstellung. Es war wie der Aufbruch zu einer Expedition, deren Ausgang höchst unsicher war.

4

Das also würde für die nächsten Monate ihre Umgebung sein: ein Zimmer mit Platz für zwei Betten, an der Wand dahinter Anschlüsse für technische Apparaturen, ein grosses Glasfenster mit Blick auf eine Wiese, ansonsten kahle Wände und zwei kleine, Spind ähnliche Schränke für die notwendigsten persönlichen Dinge. Ein kleiner Tisch an der Wand und zwei Stühle für Besucher.

„Nicht gerade das ‚Ritz‘", kommentierte Thomas Nachbar, Herr S., der das zweite Bett bewohnte. „Das Bad ist draussen, wir teilen uns eine Dusche mit zwei Zimmern". Er lächelte ein kleines Lächeln, wie um die beiden Neuankömmlinge aufzuheitern und ergänzte: „Nachher ist Ihnen die Einrichtung sowieso egal".

Damit drehte er sich zum Schlafen auf die andere Seite.

„Ich packe am besten schon mal deine Sachen aus". Lisa war froh, irgend etwas Praktisches tun zu können. Das half gegen das Gefühl des Ausgeliefertseins an eine Welt, in der Menschen an Apparaten und Schläuchen hingen, die über ihr Wohl und Wehe entschieden.

Während sie noch über die Bemerkung von Herrn S. über die spartanische Einrichtung nachdachte, lächelte Thomas ihr zu: „Ich seh' mal kurz draussen nach, ob ich die Stationsschwester erwische". Damit liess er sie allein. Er war seltsam euphorisch an diesem Morgen, so, als könne er die Behandlung kaum abwarten. Sie betrachtete die dünnen Plastikschläuche auf dem Boden, ein verwirrendes Geflecht, das seinen Ausgang in kleinen Apparaten hinter dem Bett von Thomas Nachbar nahm, sich in ihm zu bündeln schien, um ihn dann in einem Labyrinth von Schlingen, die sich Schlangen ähnlich auf dem Boden wanden, wieder zu verlassen. Wie gelangte all das in einen Körper? Wie auch immer, fest stand, dass es diesen Körper fesselte.

Es würde auch Thomas fesseln, Thomas, der immer ein so eigenständiges, unabhängiges Leben gelebt hatte, ihren Thomas, der Abhängigkeiten jeglicher Art immer verabscheut hatte.

Lisa verstand, warum er nicht im Zimmer geblieben war, um abzuwarten, was mit ihm passieren würde. Ein Tier, das man in einen Käfig sperrte, blieb auch nicht einfach stehen oder sitzen, sondern lief unruhig hinter den Gitterstäben auf und ab auf der vergeblichen Suche nach seiner verlorenen Freiheit. Lisa sah aus dem Fenster einer jungen Mutter zu, die mit ihren kleinen Kindern auf der Wiese spielte. Sie waren frei, Teil des Lebens, das sie aufzugeben im Begriff war, um das Gefängnis und seine Entbehrungen mit ihrem Mann zu teilen.

Die nächsten Tage verliefen mit Voruntersuchungen und einer weiteren Knochenmarkpunktion, die erste von vielen, an der Lisa teilnahm. Man wollte vor dem Beginn der Therapie den Befund aktualisieren. Lisa hatte darauf bestanden, dabei zu sein, obwohl Thomas sie gewarnt hatte. „Das ist keine sehr angenehme Prozedur. Nicht, dass du am Ende noch schlapp machst".

„Du musst noch genug aushalten. Vielleicht hilft's, wenn ich Händchen halte". Er grinste dankbar und drückte ihre Hand. Der junge Arzt, der die Punktion durchführte, erschien mit einem Tablett voller Furcht erregender langer Nadeln und Schraubenzieher ähnlichen Instrumente. Er hatte am ersten Tag ausführlich mit Thomas über seine Krankenvorgeschichte gesprochen. Lisa mochte ihn, weil er einen ruhigen, unaufdringlichen Optimismus ausstrahlte. Er hatte so gar keine Ähnlichkeit mit den Bemerkungen von anderer Seite, die meistens mit dem saloppen Satz endeten: „Du schaffst das schon. Wenn einer das packt, dann du".

Angesichts des Ernstes der Situation ein für Lisa fast zynisch klingender, wenn auch gut gemeinter, Kommentar.

„Am besten legen Sie sich auf die Seite. Ich muss erst die Einstichstelle betäuben. Versuchen Sie, so entspannt wie möglich zu liegen". Die Bewegungen des Arztes waren schnell und geschickt, aber als Thomas das Gesicht verzog und Lisas Hand umklammerte, war klar, dass er seinem Patienten die Schmerzen nicht ersparen konnte.

„Leider kann man den Knochen nicht betäuben", erklärte Dr.M, „sondern nur die Einstichstelle. Ich brauche heute zwei Stanzen aus Ihrer Beckenschaufel, damit wir eine genaue Bestandsaufnahme von der

Anzahl Ihrer Blasten, also Krebszellen, haben. Sie können sich jetzt für ein paar Minuten entspannen, bis die Betäubung wirkt und ich die Stanzen nehmen kann".

„Schön, wenn der Schmerz nachlässt". Thomas holte tief Atem und verzog sein Gesicht zu einer Grimasse, die wohl eigentlich als Lächeln gedacht war. Der Druck seiner Hand liess nach, aber Lisa spürte, dass seine Handfläche feucht wurde. Sie strich über das vertraute Gesicht und murmelte dicht an seinem Ohr: „Altes Indianerherz, heul' ruhig, wenn dir danach zumute ist". Damit würgte sie die eigenen Tränen herunter, bevor sie eine Chance hatten, die Ruhe in ihrer Stimme zu unterspülen.

„So, und jetzt tief Luft holen, wenn ich es sage". Zu Lisas Entsetzen hatte der Arzt einen Schrauben- zieher ähnlichen Gegenstand mit solidem Griff vom Tablett genommen.

Er machte tatsächlich Anstalten, dieses Folterin- strument in Thomas Hüfte zu rammen. Lisa rang in- nerlich die Hände, aber sie wusste, dass sie ihrem Mann am besten half, wenn sie einfach nur da war und Ruhe statt Panik verbreitete.

„So, und jetzt bitte noch mal tief einatmen". Tho- mas' Hände wurden zum Schraubstock, Tränen lie- fen ihm über die Wangen.

„Sie waren sehr tapfer", der Arzt klopfte Lisa an- erkennend auf die Schulter.

Übelkeit im Bauch, das Herz im Hals, das Gesicht brennt, sie friert und schwitzt zur selben Zeit, und sie hofft, dass Thomas nichts von alledem bemerkt. Er liegt mit einem Druckverband auf dem Rücken und hält die Augen geschlossen. Sie hält seine Hand und streicht ihm eine feuchte Haarsträhne aus dem Gesicht.

„Haben Sie noch mehr Überraschungen für uns heute, oder ist unser Stressprogramm damit für's erste abgearbeitet?" Sie bemüht sich um einen lockeren Unterton in der Stimme.

„Nein, das war's, heute will ich nichts mehr von Ihnen, ausser nachher noch ein bisschen Blut. Übrigens, Sie wären eine prima Assistentin, glaube ich". Damit lässt der Arzt beide allein.

Herr S., ihr Zimmernachbar, hatte während der gesamten Prozedur anscheinend doch nicht geschlafen, wie Lisa zunächst angenommen hatte. Auf einen Ellenbogen gestützt, sah er zu ihnen herüber und tröstete: „Sie werden sich daran gewöhnen. Die ersten Male sind besonders schlimm, weil man noch nicht weiss, wie das Ganze abläuft. Nachher hat man Routine ... natürlich, der Schmerz bleibt, aber man lernt auch, dass er ziemlich schnell wieder weg ist".

Thomas versuchte ein Lächeln: „Stimmt, es geht schon wieder viel besser, mach dir keine Sorgen".

„Ich doch nicht", damit gibt sie ihm einen Kuss auf die Nasenspitze, aber sie ist froh, dass sie sitzt. Ihre Knie sind immer noch weich.

Sie beginnt zu ahnen, was das Wort Mit-Leid bedeutet.

Die ersten Tage vor der eigentlichen Therapie benutzte Lisa dazu, das kahle Krankenzimmer so persönlich wie möglich zu gestalten. Fotografierte Natur in Grossformat als Botschafter einer Welt, die da draussen auf Thomas' Rückkehr wartet. Lisa kommt meistens mittags, denn am Vormittag laufen die Stationsroutinen mit allen möglichen Untersuchungen ab, Besucher sind da eher fehl am Platze. Auch Nachmittags ist Thomas häufig zu Untersuchungen unterwegs. Sie hat für Lesestoff gesorgt und für Spiele, falls ihnen beiden die Zeit zu lang werden sollte. Herr S., der Zimmernachbar, erweist sich als angenehme, zurückhaltende Gesellschaft. Als sie die Spiele in Thomas Nachttisch räumt, meint er nur: „Die werden Sie sowieso bald nicht mehr brauchen.

Wenn die Chemo anfängt zu wirken, hat Ihr Mann für so was keinen Sinn mehr".

„Werden Sie auch transplantiert, so wie mein Mann?" Sie hatte nicht aufdringlich sein wollen, aber der Wunsch, eventuell aus den Erfahrungen anderer Nutzen zu ziehen, überwiegt dann doch.

„Nein, ich habe eine lymphatische Leukämie. Die behandeln sie mit Tabletten und Chemo. Im Moment bin ich bei mehr als dreissig Tabletten am Tag. Entschuldigen Sie, ich bin sehr müde". Damit dreht er sich auf die Seite, um zu schlafen.

Dreissig Tabletten ... sie erinnert sich, wie sie bei einer Grippe dreimal am Tag Penicillintabletten nehmen musste. Es war ein Gefühl, ständig im Halbschlaf zu sein, ohne für irgend etwas Interesse aufbringen zu können, und das bei drei Tabletten.

Was konnte ein menschlicher Organismus aushalten, was musste er hier aushalten, um eine Chance zum Überleben zu haben?

Herz

Herzrisse machen Herzrasen
Da helfen keine herzlichen Worte
Kein Herzen und Küssen
Der Herzallerliebsten
Herzlose Tatsachen gehen so zu Herzen
Dass kein beherztes Eingreifen hilft
Kein herzergreifendes Weinen
Kein herziges Lächeln
Hilft
Gegen Herzflimmern
Bis Herzstillstand
Eintritt

5

Thomas' Bett fehlt, als Lisa am letzten Tag vor dem Beginn der Therapie ins Zimmer kommt. „Sie legen Ihrem Mann gerade den ZVK, er ist bestimmt gleich wieder zurück", erklärt Herr S. Auf Lisas verständnislosen Blick setzt er hinzu: „Er braucht einen zentralen Venenkatheter für die Infusionen. Sehen Sie, so wie bei mir". Er zieht den Kragen seines Schlafanzuges etwas nach unten und deutet in der Nähe des Halses auf ein kurzes Schlauchstück, das sich in drei dünne Enden verzweigt. Mit kleinen Hähnen sind sie mit den Infusionsschläuchen verbunden. Medizintechnik, die als Teil des menschlichen Körpers in bizarren Gebilden aus ihm heraus zu wachsen scheint.

„Tut das nicht weh?" Sie traut sich kaum hin zu sehen. So viel fremdes Material muss doch wenigstens stören, wenn nicht schmerzen.

„Am Anfang zwickt es ein bisschen, aber man hat sich schnell daran gewöhnt. Man kann sich mit dem Ding ganz normal bewegen, nur beim Duschen muss man aufpassen, dass man nicht an die Einstichstelle kommt".

Die Tür geht auf, und eine der Schwestern schiebt Thomas in seinem Bett ins Zimmer. Vorsichtig bewegt er den Kopf nach links und rechts und verzieht dabei das Gesicht. „Jetzt bin ich kompatibel mit dem System", er grinst und deutet auf die Anschlüsse an der Wand. Dann schläft er schon wieder ein, die Narkose wirkt noch nach.

Morgen wird die erste Chemo da durchlaufen, morgen beginnt das andere Leben. Sie haben gesagt, es wird Zeit. Das Blutbild verschlechtert sich mit jedem Tag.

Sie starrt auf den kleinen grünen Kasten hinter Thomas' Bett an der Wand. Der Arzt war gerade da, die Chemo läuft seit fünf Minuten. Herr S. ist heute für zwei Wochen entlassen worden, bis seine zweite Behandlungsserie beginnt.

Sie haben den Raum für sich allein, brauchen ihre Intimität nicht länger zu teilen mit fremden Körpergeräuschen, die sie befangen machen und jedem Wort und jeder Geste zwischen ihnen die Unbefangenheit nehmen.

Thomas wirkt ruhig und nachdenklich, die Euphorie der letzten Tage ist verschwunden. Lisa sieht von ihrer Zeitung zu ihm auf: „Muss ein komisches Gefühl sein ..."

Er nickt: „ Eine Art von Endgültigkeit, das Gefühl, nicht mehr zurück zu können". Sie nimmt seine Hand und hält sie ganz fest.

„Ich bin so froh, dass du da bist", er sieht sie konzentriert an, so, als ob er nach den richtigen Worten sucht. In dem Moment wird ihr klar, wie sehr er sie braucht und wie sehr die kommenden Wochen und Monate ihrer beider Leben miteinander verbinden werden. Lisa hat das Gefühl, zur richtigen Zeit am richtigen Ort zu sein. Ein gutes Gefühl, das sie in ihrem bisherigen Leben nicht oft kennengelernt hat.

Die Energie, die sie früher für ihren anstrengenden Lehrberuf aufbringen musste, wurde hauptsächlich verbraucht in Reibungsflächen innerhalb des Systems, weniger durch die Arbeit mit ihren Schülern. Das Unterrichten selbst hatte ihr immer Spass gemacht, aber die all zu oft mangelhafte Zusammenarbeit mit den Kollegen, das Fehlen jeglicher gemeinsam erarbeiteter Zielvorgaben, die kleinlichem Gezänk und persönlichen Differenzen zum Opfer fielen, diese Faktoren nagten Jahr für Jahr mehr an ihrem Idealismus. Thomas dagegen hatte seine Tätigkeit als Personalberater in einer internationalen Firma immer mit Leib und Seele ausgeübt, und sie hatte ihn um seinen Enthusiasmus, mit dem er seine Aufgabe ausfüllte, immer beneidet.

Je länger sie beobachten konnte, wie engagiert und sachbezogen bei ihm gearbeitet wurde, desto kleinkarierter und bornierter erschien Lisa ihr eigenes Arbeitsumfeld. Nun sass sie am Krankenbett ihres Mannes mit der Gewissheit, zum ersten Mal in ihrem Leben eine Aufgabe gefunden zu haben, die sie voll und ganz ausfüllen würde. Hier ging es nicht um kleinliche Rangeleien und persönliche Eitelkeiten, sondern ganz schlicht um Leben oder Sterben, nicht mehr und nicht weniger.

Die nächsten Tage der Therapie vergingen in gespannter Erwartung. Wann würde der Giftcocktail, der Thomas jeden Tag nach einem genau festgelegten Protokoll verabreicht wurde, seine Wirkung tun?

Man hatte ihnen gesagt, dass in der ersten Zeit noch nicht viel zu spüren sein würde. So verbrachten sie die Zeit mit Lesen oder Brettspielen oder gingen, wann immer es möglich war, nach draussen, nämlich immer dann, wenn Thomas nicht an der Infusionsleine hing. Sie fuhren in dieser Zeit sogar einige Male in die Stadt. Es war, als wolle Thomas alle Facetten des Lebens, seine Gerüche, den Lärm und die Nähe vieler Menschen in sich aufsaugen, um sie mitzunehmen in einen sehr stillen Raum, in dem das Tikkern der Infusionsautomaten zum Takt der Zeit wurde. Hier brauchte man weder Uhren noch Geld, während die Menschen draussen hinter der grossen Scheibe in einer Welt mit anderen Gesetzen lebten. Hektik, Lärm und Stress bestimmten dort das Leben. Der kleine Raum aber war eine Insel der Ruhe. Wie in einer Klosterzelle blieben die alltäglichen Oberflächlichkeiten aussen vor.

Mit jedem Tag, den sie dort verbrachte, spürte Lisa deutlicher, dass sie eine Grenze überschritten hatte, eine Grenze in ein Land, das von Tag zu Tag mehr einer Wüste glich, je weiter sie sich hinein wagte.

Es war menschenleer, weil dort strenge Naturgesetze über Leben oder Sterben entschieden. Nur die Stärksten hatten eine Chance zu überleben, und jeder kämpfte für sich allein. Chancenlos diejenigen, die sich auf andere verliessen oder tatenlos auf Hilfe warteten. Entschlossenheit und Disziplin waren gefordert, um der Einsamkeit und den Entbehrungen Stand halten zu können. Freunde, die zu Besuch kamen, um den Patienten auf andere Gedanken zu bringen, erschienen Lisa in zunehmendem Masse wie Besucher von einem anderen Stern. Was sollte sie auch antworten auf die Frage: „Wie geht es dir?" Die Wahrheit wäre gewesen: „Ich habe Angst um Thomas, um unser gemeinsames Leben". Nichts dergleichen kam über ihre Lippen, und so blieb es bei den üblichen nichtssagenden Floskeln: „Alles bestens, kein Grund zur Sorge". Thomas lachte und scherzte mit den Freunden. So sehr sie sich immer darüber freute, erschien ihr sein und ihr eigenes Verhalten immer mehr wie einer dieser barocken Maskenbälle. Dort tanzt die düstere Maske des Todes mit der pausbäckigen Putte des prallen Lebens. Manchmal empfand sie diesen Gegensatz fast schmerzhaft.

Kam sie abends nach Hause, empfingen sie leere Räume, voll von Thomas' Gegenwart. Manchmal meinte sie sogar, seine Stimme oder Schritte zu hören. Die eindringlichen Bilder des Tages liessen sie nur schwer einschlafen. In dieser Anfangszeit ihres Kampfes begann sie ihr Herz bewusst wahrzunehmen:

Ein pulsierender Mikrokosmos mit erstaunlicher Wandlungsfähigkeit, von einer Minute zur nächsten mutierend vom schnell dirigierenden Taktgeber des gesamten Organismus zu einem erstarrten Stück Eis, dessen Kälte sie frösteln liess bei dem Gedanken, dass ihrer beider Leben an ein paar Plastikschnüren hing.

Diejenigen ihrer Freunde, die sich nicht trauten, in der Klinik anzurufen, telefonierten am Abend mit

Lisa, wenn sie zurück zu Hause war. Mit der Zeit entwickelte sich in ihrem Kopf eine Art Baukastensystem mit beliebig einsetzbaren Antwort-Modulen, wie: „Alles OK den Umständen entsprechend kein Grund zur Besorgnis ja natürlich wenn einer dann er wir machen das schon danke für den Anruf". Wie sollte sie ihnen erklären, wie es war, alleine nachts im Bett zu liegen, den Vollmond auf dem Gesicht, und eine Stimme zu hören, von irgendwoher aus dem unendlichen Raum da draussen, die ihr zuraunt: „Alles wird gut". Wie ihnen erklären, wie es war, jeden Tag in die Klinik zu fahren mit dem Gedanken: „Wie geht es ihm heute, was ist von dem Blutbild noch übrig?"

Irgendwann dann hörten die Stadtbesuche auf, die Zahl der Leukozyten, der Weissen Blutkörperchen, war unter den magischen Wert von 1000 gesunken. Das bedeutete Ausgehverbot und Quarantäne wegen erhöhter Infektanfälligkeit. Betreten des Krankenzimmers nur noch mit Haube, Handschuhen, Überschuhen und langem Kittel, und natürlich dem Mundschutz, wichtigstes Instrument zum Schutz gegen Infekte. Lisa sieht sich im Spiegel: die innere Veränderung wird nun auch nach aussen hin sichtbar. Die sterile Maskerade verdeckt ihren Ausdruck, macht sie zum Bestandteil ihrer klinischen Umgebung. Nichtsahnende Beobachter finden ihr Äusseres erheiternd.

Es beginnt die Zeit der Bluttransfusionen: Thrombozyten und Eritrozyten – Blutplättchen und Rote Blutkörperchen - werden in Thomas' Körper gepumpt. Das natürliche Gleichgewicht ist zerstört und muss künstlich aufrecht erhalten werden. Die Wand hinter seinem Bett beginnt sich mit Perfusoren, den Infusionsautomaten, zu füllen.

Da die körpereigene Abwehr nicht mehr funktioniert, pumpen sie die Medikamente in ihn hinein, die ihn schützen sollen vor Infektionen aller Art. Es geht ihm immer noch verhältnismässig gut. Um bei Kräften zu bleiben, geht er im Zimmer auf und ab, die langen Plastikschnüre wie eine Schleppe hinter sich her ziehend. Beim Pflegepersonal hat er bald den Spitznamen: der Tiger. Ausser zunehmender Müdigkeit hat er keine Beschwerden, so dass er seine täglichen Trainingseinheiten regelmässig durchführen kann.

Für Lisa beginnt in dieser Zeit das Gleichmass der Tage. Vormittags kümmert sie sich um den Haushalt, gegen 13.00 kommt sie in der Klinik an. Immer, wenn sie die Tür aufmacht, geht ein Strahlen über sein Gesicht. In dem Moment sind alle Sorgen und Ängste vergessen. Sie sind zusammen, nichts anderes zählt. Manchmal kocht sie für ihn, als Abwechslung zu ewig gleich schmeckenden Mahlzeiten des Krankenhauses. Wenn sie nicht gemeinsam essen, geht sie in ein Restaurant in der Nähe des Klinikgeländes oder in ein Café. Sie verbindet den Besuch mit einem Spaziergang. So kann sie die langen Stunden im Krankenzimmer mit etwas frischer Luft und ein paar Eindrücken von der Welt ‚Da draussen‘ auflockern. Für die restliche Zeit des Tages gibt es genügend Lesestoff, aber im Laufe der Behandlung wird ihr Interesse am Inhalt von Büchern und Zeitungen immer geringer.

Wenn Thomas schläft, sitzt sie oft an seinem Bett und hält seine Hand. Das eintönige Tickern der Perfusoren füllt den Raum. Die Dauer der Infusionen setzt die Zeiteinheiten des Tages fest, hinter der grossen Scheibe regnet und schneit der Februar, kommen und gehen die Tage.

Menschen starren zu ihnen hinein, Lisa starrt zurück, eine reglose, grün verhüllte Figur. In diesen Tagen wird sie zu Anubis, der Wächterin über ein stilles Reich.

Irgendwann warnt er sie morgens am Telefon: „Nicht erschrecken, wenn du diesmal kommst. Ab heute musst du mich ohne Haare ertragen". Das sind Äusserlichkeiten, denen sie beide keine grosse Bedeutung beimessen, aber als er dann vor ihr steht, lässt sie die plötzliche Veränderung doch nicht unbeeindruckt. Der kahle Schädel lässt ihn zerbrechlicher und ungeschützt erscheinen, er erscheint Lisa hilfsbedürftiger als vorher. „Ich wusste gar nicht, das ich so grosse Ohren habe", grinst er, und sie lachen beide, und sie nimmt ihn in ihre Arme und flüstert ihm zu, dass sie seine Ohren liebt, so wie sie sind. Professor K. empfiehlt eine Perücke, um seinem Patienten mögliche psychische Probleme zu ersparen. Thomas lässt sich, wenn auch skeptisch, auf den Vorschlag ein. Als er das fertige Haarteil anprobiert, brechen beide in schallendes Gelächter aus. Der Friseur hat sich redlich bemüht, Thomas' Frisur so genau wie möglich nachzuahmen, aber mehr als eine Nachahmung ist es denn auch nicht. Lisa findet, er sieht aus wie Gary Glitter, ein alternder Popstar, und damit ist für beide der Fall erledigt. Das gute Stück landet in irgendeinem Schrank und wartet seitdem auf fröhlichere Karnevalstage.

Anfang März beginnen Thomas' Blutwerte sich wieder zu stabilisieren. Die Müdigkeit lässt nach, und eines Tages ist es tatsächlich so weit: er darf für vierzehn Tage nach Hause, zurück in die Normalität.

6

Das erste, was sie nach der Entlassung tun, ist, in der Stadt essen zu gehen. Thomas verspeist seine Atlantik Seezunge mit Genuss. Die quirlige Atmosphäre im Restaurant und auf den Strassen macht ihn übermütig und unternehmungslustig. Sie schmieden Pläne, was sie in der Zeit der Freiheit alles unternehmen. Nur jetzt keine Stunde, keine Minute sinnlos vergeuden.

In diesen Tagen bemerkte Lisa eine Veränderung in ihrer Wahrnehmung. Nichts von dem, was die Menschen um sie herum taten, war für sie noch selbstverständlich. Ob sie sich zankten oder liebten, hektisch aktiv waren oder ganz einfach nur faul, alles erschien ihr wie ein geheimer, allen undurchschaubarer Plan, dem sie blind folgten. Sie handelten wie unter Zwang, ohne sich dessen bewusst zu sein, wie begrenzt der Zeitrahmen war, in dem sie agierten. Ganz alltägliche Dinge, über die sie sich früher geärgert hätte, erschienen Lisa plötzlich völlig unerheblich, nicht der Rede wert. Bei den Treffen mit Freunden war es Thomas, der das Gespräch hauptsächlich bestritt. Sein Optimismus und seine gute Laune nach der problemlosen ersten Runde steckten alle an. Lisa sass dabei und freute sich mit, aber sie war nicht mehr so wie früher in der Lage, ihre Freude auch nach aussen hin zu zeigen. Was sie auch taten, wo sie auch waren, ein Schatten schien über allem zu liegen, eine unbestimmte Bedrohung, die ihr Lachen leiser und ihr Schweigen länger werden liess. Niemand in ihrer Umgebung schien das zu bemerken, und Lisa war es gerade recht so, wollte sie doch niemandem die Stimmung verderben, am wenigsten Thomas.

In dieser Zeit hatte sie Gelegenheit, ihre Kenntnisse in Krankenpflege zu erweitern.

Der ZVK (Zentraler Venenkatheter) musste täglich gepflegt werden, damit sich die Einstichstelle nicht entzündete. Lisa hatte sich von den Schwestern zeigen lassen, worauf es dabei ankam.

Als sie das erste Mal mit Desinfektionsspray und Tupfern ausgerüstet, Thomas versorgt, kostet es sie doch einige Überwindung. Sie hat Angst, ihm weh zu tun, da, wo der kleine Plastikschlauch aus der Gegend des Schlüsselbeins heraus zu wachsen scheint. Er verzieht aber nicht einmal das Gesicht, als sie den Einstich desinfiziert, und sie freut sich über sein Vertrauen und darüber, dass sie ihm ein bisschen helfen kann.

Sie versuchten, die Zeit zu Hause so abwechslungsreich wie möglich zu gestalten, und Thomas genoss jeden Tag seiner begrenzten Freiheit. Zusammen sein mit Freunden, ausgehen oder ganz einfach alleine sein, das alles waren keine Selbstverständlichkeiten mehr vor dem Hintergrund der kommenden Wochen. Die Ärzte hatten sie vorsichtig, ohne allzu sehr dabei in Details zu gehen, darauf hin gewiesen, dass der nächste Therapieschritt wahrscheinlich nicht so komplikationslos ablaufen würde wie der erste. Sie würden die Dosis der Medikamente erhöhen, und zwar drastisch. Es ging darum, eine Vollremission zu erreichen, d.h. den Anteil der Krebszellen im Blut auf unter 5% zu drücken. Gelang das nicht, war keine Transplantation möglich. Auf Lisas besorgte Fragen zu möglichen Konsequenzen erhielt sie nur die vage Antwort: „Es kann alles mögliche passieren, die Leber oder die Lunge kann in Mitleidenschaft gezogen werden, aber das muss nicht sein. Jeder Patient reagiert anders". Lisa dachte an Thomas' vorgeschädigtes Herz und wagte keine weiteren Fragen mehr zu stellen. Was nützte es, sich den Kopf über Eventualitäten zu zerbrechen, die am Ende vielleicht doch nicht eintrafen. Sie versuchte, es darin Thomas gleich zu tun, der ihr immer sagte: „Ich belaste mich nicht mit Dingen, die ich noch gar nicht sicher weiss oder die ich nicht ändern kann". Lisa bewunderte diese Einstellung. Sie gab ihm die Kraft, sich auf das Wesentliche zu konzentrieren und sich nicht in aufreibenden Grübeleien zu verschleissen. Ihr selbst dagegen gelang es nicht in dem Masse, sich von ihren Sorgen frei zu machen.

Sie musste jetzt häufig an ihren schwer kranken Vater denken, den sie schon früh verloren hatte. Schon als kleines Mädchen hatte sie oft Angst um sein Leben gehabt. Es war genau dieses Gefühl von Ausgeliefert sein und Hilflosigkeit, dass sie nun wieder empfand.

Manchmal packt es sie völlig unvorbereitet, wenn sie unter vielen fröhlichen Menschen sind. Thomas ist der einzige, der ihre Veränderung bemerkt, aber was soll sie ihm sagen? Negative Bilder haben in der Umgebung eines Kranken nichts zu suchen, und so versteckt sie sich hinter einem Lächeln. Sie weiss, dass sie mit diesen Gefühlen allein zurecht kommen muss. Sie muss lernen, ihre Energie und ihre Zuversicht klug einzusetzen. Vor ihnen liegt noch ein langer und beschwerlicher Weg.

Damals ahnte sie noch nicht, dass er sie beide bis an die Grenzen ihrer Belastbarkeit und darüber hinaus führen würde.

Psalm 23

Der Herr ist
Grünlich künstliches Licht
Mein Hirte
Und Stille
Vor dem Fenster geht das Leben vorbei
Mir wird nichts mangeln
Lautlos
Rinnen
Transfusionen durch deinen Körper
Nabelschnur zum Leben

Er weidet mich
Hand in Hand
Auf grüner Aue
Stehen wir vor
Dem langen Schatten
Und führet mich zum frischen Wasser
Wie zwei Kinder
Die in der Dunkelheit singen
Er erquicket meine Seele
Und füllet mein Herz mit Wohlgefallen
Den Schrecken zu wehren
Und ob ich schon wanderte im finsteren Tal
Von nun an
Fürchte ich kein Unglück
Denn Du bist bei mir
Gemeinsam
Dein Stecken und Stab trösten mich
Tragen wir
Die Last des Wissens
Gutes und Barmherzigkeit werden mir folgen
Ein Leben lang
Und ich wird bleiben
Im Hause des Herrn immerdar

7

Dieses Mal war alles anders. Dieses Mal bekamen sie eine Ahnung von dem, was eine Grenzsituation ist. Dieses Mal betraten sie das Reich der Stille, das ihnen seine eigenen Gesetze aufzwang.

Es begann damit, dass Thomas ein anderes Zimmer bekam und einen neuen Bettnachbarn. Er erwies sich als recht angenehmer Zeitgenosse, der allerdings im Gegensatz zu seinem Vorgänger erheblich weniger optimistisch mit seiner Krankheit umging. Ganz unbegründet war diese Skepsis nicht, denn im Verlauf der Gespräche stellte sich heraus, dass er unter zwei verschiedenen Formen der Leukämie litt. Auch er war, wie Thomas, zur Transplantation vorgesehen, musste aber noch verschiedene Vorbereitungstherapien durchlaufen.

Der Verfall des Körpers begann bei Thomas mit einer diesmal ziemlich früh einsetzenden Müdigkeit. Es fiel ihm zunehmend schwer, sich dagegen zu wehren. Er behielt aber seine täglichen Spaziergänge zur Aufrechterhaltung der Kondition bei. Darüber hinaus hatte er sich ein Keyboard ausgeliehen. „Ich wollte immer schon Orgel spielen lernen, jetzt habe ich genug Zeit zum Üben". Mit diesem Vorsatz verblüffte er das gesamte Personal, einschliesslich Professor K., der, wie sich jetzt herausstellte, selber Musiker war. So wurde bei der Visite nicht nur über die Krankheit, sondern auch über die Musik gesprochen. Die Ärzte lobten jede Ablenkung als hilfreiche Abwehrstrategie. Lisa fand ihren Mann jetzt häufig mit Kopfhörern hinter seinem Keyboard sitzend, lautlose Melodien übend. Sie freute sich, dass er damit seinen tristen Tagesablauf auflockern konnte. Sie selbst versuchte in dieser Zeit mit einigen Lehrbüchern, ihre alten Französischkenntnisse wieder aufzufrischen.

So vergingen die ersten zehn Tage in der alltäglichen Routine zwischen Chemo, kleinen Spaziergängen und sprachlichen bzw. musischen Übungsstunden.

Dann beginnt die Zeit der Quarantäne. Die Leukozyten fallen unter die magische Grenze von 1000, und auch die anderen Blutwerte verschlechtern sich rapide. Die Chemo verrichtet ihr zerstörerisches Werk, Lisa verwandelt sich wieder in die vermummte Gestalt, von der fast nur noch die Augen erkennbar sind. Eines Tages vergisst einer der Ärzte, als er Thomas die Infusion anlegen will, seine Handschuhe. Auf Lisas Frage, warum die denn so wichtig sind, antwortet er nur: „Die Substanz würde meine ungeschützte Haut verätzen. Wenn man sie in die Augen bekommt, wird man blind". Das also ist der Stoff, aus dem ihre Hoffnungen sind.

Bei einer ihrer gemeinsamen Mahlzeiten stellt Lisa fest, dass Thomas nur noch wenig isst. Der Grund ist nicht nur der nachlassende Appetit. Er kann nicht mehr richtig kauen und schlucken, die Schleimhäute im Mund haben sich entzündet. Bisher ist er von dieser bekannten Nebenwirkung verschont geblieben, aber nun macht sie ihm in zunehmendem Masse zu schaffen und verleidet ihm das Essen, auf das er sich sonst immer so gefreut hat. Stattdessen quält er sich mit Mundspülungen gegen mögliche Pilzinfektionen. Sie schmecken süsslich, und es fällt ihm schwer, seine zunehmende Aversion dagegen hinunter zu würgen. Auch die Nächte verlaufen nicht länger störungsfrei. Die Zeit der Bluttransfusionen ist wieder gekommen. Manchmal werden die Blutkonserven erst Abends von der Blutbank angeliefert. Die Eritrozyten werden in zwei Beuteln geliefert, die Durchlaufzeit liegt bei etwa vier Stunden. Das An- und Abkoppeln von der Infusion dürfen nur Ärzte vornehmen.

So vergeht nicht selten ein Teil der Nacht mit Warten auf den diensthabenden Nachtdienst, der meistens von ausserhalb auf die Station kommen muss. Für Thomas sind die Eris (Eritrozyten) besonders wichtig, damit sein vorgeschädigtes Herz nicht unter Sauerstoffmangel leidet. Er merkt meist selbst an Schwindel und Kopfschmerz, wenn er seinen persönlichen Grenzwert unterschritten hat. Lisa kann erst dann beruhigt einschlafen, wenn sie mit ihm telefoniert hat und wenn sie weiss, dass er rechtzeitig an seiner Transfusion hängt.

Dann ist der erste April gekommen, Thomas' Geburtstag. Lisa hat sich den Kopf zerbrochen, womit sie ihm in dieser Situation eine Freude machen kann. Sie schenkt ihm eine selbst erstellte Collage, die er im Krankenzimmer aufhängen kann. Zusammen mit den zu Postern vergrösserten Fotos farbige fröhliche Inseln innerhalb der grauen Klinikumgebung, die

46

auch Ärzten und Pflegepersonal Freude machen. Die Freunde sind gekommen und bringen Thomas ein Ständchen hinter dem grossen Fenster. Er sitzt im Schlafanzug auf der Bettkante, und sie spürt, wie seine Schultern zittern. Er ist gerührt und kämpft mit den Tränen, und wie er so dasitzt, sieht er plötzlich sehr zerbrechlich aus. Seine Schultern sind schmal und knochig geworden. Sie legt die Arme um ihn, weil sie ihn beschützen will, so gut sie kann. Er lehnt sich bei ihr an, und sie fühlt eine grosse Ruhe in sich. Sie wird da sein, wann immer er sie braucht, und sie ist entschlossen, alle ihre Kräfte dafür zu mobilisieren.

Der Besuch hat ihn angestrengt, es ist, als ob das Lachen und die Fröhlichkeit mit seinen Gästen alle seine Reserven verbraucht haben. Er versucht zu schlafen, findet aber keine Ruhe, der Kopf und die Augen schmerzen.

Als sie am Abend nach Hause fährt, hat Lisa das ungute Gefühl, dass sie nun eine Grenze erreicht haben.

Die Grenze eines unbekannten Landes, dessen Gesetze sie nicht kennen. Natürlich war das Gefühl der Bedrohung in den letzten Wochen immer da gewesen, aber nun schien es in unmittelbare Nähe gerückt zu sein. Es liess sich nicht länger wegschieben hinter ganz alltäglichen Aktivitäten. Es sorgte dafür, dass sie ziellos durchs Haus lief, rast- und planlos. War sie im Keller angelangt, hatte sie vergessen, warum sie dorthin wollte, bis es ihr auf der Treppe nach oben dann wieder einfiel. Bis jetzt hatte sie sich vor dem Fernseher immer recht gut entspannen können, aber nun sah sie nichts weiter als eine Flut von Bildern, die sie in keinen Zusammenhang bringen konnte. Sie sehnte seinen abendlichen Anruf herbei, aber als er dann endlich kam, klang seine Stimme anders als sonst. Sie war ohne Volumen, klein und zaghaft, und sie versuchte, ihn zu trösten. Sie wusste, dass es allmählich ernst wurde, nur jetzt keine Angst zeigen.

Die Zeit der Mobilmachung war gekommen.

Er hat sich verwandelt, ihr optimistischer, fröhlicher Thomas, der bis jetzt noch immer jede Situation unter Kontrolle bringen konnte. Wenn sie gegen Mittag das Zimmer betritt, findet sie ihn im Bett sitzend, den Kopf in den Händen vergraben. Die Vorhänge sind zugezogen, das Dämmerlicht im Zimmer verwischt den Wechsel der Tageszeiten, sie spielen keine Rolle mehr, nicht sie, noch die Mahlzeiten sind noch von Belang, werden nur noch mühsam herunter gewürgt, um bei Kräften zu bleiben. Kräfte, die ständig gefressen werden von dem alles beherrschenden Dämon Schmerz, der in seinem Kopf wütet und ihm keine Ruhe gönnt, weder tagsüber noch nachts, der seine Augen trübe und glanzlos macht, der ihm seine Sprache raubt und jeden Schritt, den er aus dem Bett tut, zur Qual werden lässt.

Die Ärzte vermuten, dass ein entzündeter Schneidezahn Schuld ist an dem Gewitter, das in Thomas' Kopf tobt. Er hätte, wie jeder andere mögliche Entzündungsherd, vor der Therapie behandelt werden müssen, aber zu dem Zeitpunkt war das Blutbild schon so schlecht, dass eine solche Behandlung nicht mehr möglich war. Nun sind die Furien losgelassen, die normalerweise in einem gesunden Körper von den Leukozyten in Schach gehalten werden. Die Chemo aber hat die körpereigenen Kontrollmechanismen ausser Kraft gesetzt. Würde man den Zahn jetzt behandeln, riskierte man, dass der Patient verblutet. Die Thrombozyten (Blutplättchen) sind zu gering, um mögliche Blutungen zu stillen. Also bleiben nur Schmerzmittel, die Thomas stumm in sich hinein isst, nachdem er den Einnahmezeitpunkt so weit wie möglich hinausgeschoben hat, bis er mürbe geworden ist und sich nur noch nach etwas Ruhe und Entspannung sehnt. Es ist die Zeit des Vor-Sich-Hin-Dämmerns, in der sie Stunden lang seine Hand hält und spürt, dass es ausser Worten auch Ebenen der Verständigung gibt, die sie aus ihrem alten Leben nicht kennen. Es gilt, den Drachen in seine Höhle zu verbannen. Sie konzentriert ihre gesamte Energie auf dieses Bild, es macht den Schmerz für sie greifbar, gibt ihm ein Gesicht, schafft eine Angriffsfläche für sie. Thomas scheint kleiner zu werden in diesen Tagen, er krümmt sich in seinem Bett wie ein Tier, das sich in seine Höhle zurück gezogen hat. Sie leben in verschiedenen Welten in dieser Zeit. Er hat sich völlig in sich zurück gezogen, aber sie spürt auch, wie sehr er ihre Nähe braucht. Kaum ist sie im Zimmer angekommen, umklammert er ihre Hand, und es dauert lange, bis er sich etwas entspannt.

Der gesamte Körper gleicht einem gespannten

Bogen, immer bereit zur Verteidigung, und sie braucht eine ganze Weile, bis sie es schafft, ihm die Spannung zu nehmen, den zermürbenden Kreislauf von Schmerz und Gegenwehr zu durchbrechen. Wenn es ihr gelingt, wird sie belohnt mit einem kleinen Lächeln und einem Schläfchen, wenn er im Halbschlaf murmelt: „Wie schön, ich habe gerade gar keine Schmerzen".

Vor langer Zeit hat sie als kleines Mädchen an einem anderen Krankenbett gesessen. Ein anderer kleiner Mann hatte darin gelegen, dessen Hand sie umklammert hielt aus Angst, er könnte sterben, der Mittelpunkt ihrer Welt. Damals war sie wehrlos gegen hilflose Angst, heute ist sie fest entschlossen, sich nicht entmutigen zu lassen. Man hat sie vor Turbulenzen gewarnt. Nun sind sie da. Lisa weiss, dass da kein Lamentieren hilft. Diese Zeit wird für sie zum Grundkurs in stoischer Gelassenheit.

Er redet wenig über seine Schmerzen, aber wenn sie sieht, wieviel Kraft es ihn kostet, mühsam aufzustehen, um wenigstens ein paar Schritte im Zimmer zu tun, dann wird ihr der Hals eng vor ungesagten Worten des Mitleids und der Klagen. In diesen Tagen packt sie ihre Emotionen ganz fest ein, wie ein Paket, das sie tief in ihrem Innersten vergräbt. Sie zwingt sich zu Ruhe und Gelassenheit, dem stoischen Ertragen einer Situation, deren Ursachen sie nicht ändern kann. Aber sie ist fest entschlossen, alles zu tun, um ein Gleichgewicht herzustellen zu den dunklen Mächten, die Thomas so sehr zusetzen, dass er nur noch ein Schatten seiner selbst ist.

Auch der Bettnachbar hat Probleme. Oft sitzt er weinend mit seiner Frau zusammen, ein Bild des Jammers, das Thomas und Lisa als abschreckendes Beispiel empfinden.

Nur jetzt nicht vor der Situation kapitulieren, wenn auch die Tage in ihrem Kräfte fressenden Gleichmass von Schmerz und Gegenwehr sich unendlich hin ziehen. Die Ärzte können sie nur mit der vagen Hoffnung trösten, dass die Beschwerden nachlassen, sobald sich das Blutbild wieder stabilisiert, aber wann das sein wird, weiss niemand genau. Bis dahin wird jedes Türenschlagen, jedes laut gesprochene Wort zur Qual. Der Zimmernachbar bekommt Besuch von seinen beiden kleinen Kindern. Da sie als mögliche Infektüberträger keinen Zutritt zur Station haben, stehen sie draussen hinter der grossen Scheibe und klopfen an, jedes Klopfen eine Explosion für überreizte Nervenenden. Thomas vergräbt seinen Kopf unter der Bettdecke, und Lisa muss alle ihre Selbstbeherrschung aufbringen, um einen Wutanfall herunter zu schlucken. Natürlich haben die Kleinen ein Recht darauf, ihren Vater zu sehen, und sie können nicht wissen, wie schlecht es ihrem Mann geht. Wie schön wäre jetzt ein Einzelzimmer, aber sie werden wohl noch eine Weile das Elend des Anderen mit ertragen müssen.

Zu Hause bekommt Lisa abends mehrmals Besuch von Freunden. Der Telefonkontakt zu Thomas ist unterbrochen. Lisa ist die Informationsquelle, auf die sich alle verlassen. Sie hört die Neuigkeiten aus der anderen Welt, man will sie auf andere Gedanken bringen, aber es ist wie in einem absurden Theaterstück. Sie beantwortet alle Fragen, so gut sie kann, weiss aber gleichzeitig, dass ihre Erfahrungen nicht vermittelbar sind. Wie soll sie einem Aussenstehenden dauernde wütende Schmerzen erklären, wie ihm eine endlose Nacht beschreiben, wenn Gedanken in Fetzen zerrissen werden und die Nerven zu glühenden Drähten, die bei der geringsten Belastung Funken sprühen.

Die Besucher reden über Ausflüge und Urlaubspläne, aber da, wo Lisa lebt, herrscht die Krankheit.

Sie ist eine totalitäre Herrscherin, die niemand und nichts neben sich duldet. In ihrem Licht wirkt die Welt der Gesunden fast obszön mit ihren Selbstverständlichkeiten, ihrer guten Laune und ihren Zukunftsplänen. Nichts davon gilt mehr für Lisa. In dieser Zeit lernt sie, von Tag zu Tag zu leben, jeden Tag so gut wie möglich zu überstehen. Die Zukunft verliert ihre festen Konturen, denn alle Gesetzmässigkeiten des normalen Lebens sind ausser Kraft gesetzt. Da sie kaum weiss, wie sie jeden einzelnen Tag bewältigen soll, gewöhnt sie sich ab, Pläne zu schmieden. Alles, was sich jenseits des Krankenzimmers abspielt, scheint in unerreichbar weite Ferne entrückt zu sein. Nur manchmal, wenn sie reglos an Thomas' Bett sitzt, um ihn nicht zu wecken, hat sie eine Vision, seltsamer Weise immer die gleiche: Sie sitzen gemeinsam auf einer Bank in der Sonne und halten sich an den Händen. Meist sind es ihre Rückenschmerzen, die sie dann wieder in die Realität zurück holen. Das Stunden lange bewegungslose Sitzen fordert seinen Tribut. Lisa ist froh, wenn sie zwischendurch das halb dunkle Krankenzimmer verlassen kann, um an die frische Luft zu kommen. Draussen ist es mittlerweile Frühling geworden. Das helle Grün, das Zwitschern der Vögel, das Lachen der Menschen, sie weiss, dass nichts davon zu Thomas durchdringt. Unmöglich zu sagen, was jetzt in seinem Kopf vor sich geht, aber wenn sie in seine glasigen müden Augen sieht, wird ihr klar, wieviel Kraft er kostet, dieser Kampf, der ihm das Mark aus den Knochen holt.

Dann kommt das Fieber. Bis jetzt hat es ihn, bis auf ein paar erhöhte Temperaturgerade, in Ruhe gelassen, aber eines Abends packt es ihn ganz plötzlich.

Es schüttelt ihn durch, dass seine Zähne klappern und das Bett vibriert. Seine Hände sind heiss, aber er friert, so dass sie sich auf ihn legt, um ihn zu wärmen.

Die Schwester meint, dass er wahrscheinlich die Bluttransfusion nicht vertragen hat, die er gerade bekommen hat. Gegen das Fieber hilft nur das Medikament, das er im Moment auch als Schmerzmittel einsetzt oder Wadenwickel. Da er ohnehin schon so viele Tabletten bekommt, entschliesst sich Lisa für Wadenwickel. Die Schwester nimmt ihre Hilfe dankbar an und besorgt ihr alle erforderlichen Hilfsmittel. Zu Beginn werden die Umschläge alle 15 Minuten erneuert. Sie erklärt ihm, was sie tut, aber er reagiert kaum, lächelt nur und murmelt Unverständliches vor sich hin. Irgendwann ist es draussen dunkel geworden, der Nachtdienst kommt und fragt, wie lange Lisa das schon macht. Sie erinnert sich nicht genau, schätzt etwa eine Stunde. Die Temperatur ist von etwa 40° auf 38° gefallen, und der Pfleger rät ihr, mit den Umschlägen aufzuhören. Sie bedeuten eine erhebliche Belastung für den Kreislauf. Thomas braucht einen neuen Schlafanzug, denn der alte ist von der grossen Anstrengung nass geschwitzt. Lisa hilft ihm in einen neuen, aber er ist so geschwächt, dass er alleine nicht sitzen kann. Als sie ihn in den Arm nimmt, um ihn zu stützen, spürt sie die spitzen Knochen seiner Schulterblätter. Wieviel werden Krankheit und Therapie noch von ihm übrig lassen? Die Tränen kommen völlig überraschend. Sie hat sich geschworen, dass sie in der Klinik niemals die Fassung verliert, aber diesmal kann sie das Würgen im Hals nicht länger herunter schlucken. Sie dreht das Gesicht zur Seite, damit er davon nichts mitbekommt. Gott sei Dank ist er so müde, dass er in ihrem Arm fast einschläft und ihr Gesicht nicht sieht.

Als sie sich von ihm verabschiedet, schlägt er mühsam die Augen auf. Das Fieber ist daraus verschwunden, und er murmelt: „Heute Nacht kann ich bestimmt gut schlafen".

Es ist eine klare Nacht, aber Lisa fährt durch Tränenschleier. Der Staudamm ihrer Selbstbeherrschung ist gebrochen, Traurigkeit und Einsamkeit brechen sich ihre Bahn. Irgendwann dann in ihrem Bett ist sie leer geweint und nur noch erschöpft. Sie kann nicht einmal mehr an den nächsten Tag denken, möchte nur noch schlafen und sich fallen lassen, aber das

Rad der Sorgen dreht sich unerbittlich weiter in ihrem Kopf, endlos wiederholen sich die Bilder des Tages. Diesmal ist der Drache aus seiner Höhle entkommen, Lisas Waffen aus Mut und Optimismus sind stumpf geworden. Woher nur soll sie die Kraft für den nächsten Tag nehmen?

8

Irgendwann, morgens am Telefon, klang seine Stimme anders. Da war er wieder, der alte energische Unterton, den die Furien der letzten Wochen vertrieben hatten.

„Ich konnte heute Nacht ein paar Stunden schlafen, und mein Kopf gehört wieder mir". Lisa verschüttet fast ihren Kaffee, sie lacht und weint und zittert am ganzen Körper. Vor lauter Aufregung vergisst sie die Hälfte der Sachen, die sie ihm hatte mitbringen wollen, und unterwegs muss sie aufpassen, dass sie nicht mehrere rote Ampeln überfährt. Zur Begrüssung ist er aufgestanden und kommt ihr durch das Zimmer entgegen. Sie nimmt ihn in die Arme, und dieses Mal ist es ihr egal, dass sie weint, und sie weiss nicht, was sie tun soll, um ihre Dankbarkeit zu zeigen und ihr Glück. Professor K. ist sicher, dass sich das Blutbild in den nächsten Tagen verbessern wird und dass dies die ersten positiven Vorzeichen für eine Regeneration des Blutbildes sind. Die nächsten Tage verschläft Thomas komplett, der Körper holt sich, was er in den letzten drei Wochen entbehren musste. Lisa ergeht es ähnlich. Die ständige Anspannung beginnt, sich zu lösen. Ihre Reaktionen sind anders als früher. Sie weint beim leisesten Anlass, was sonst nicht ihre Art ist, gleichzeitig schwebt sie in nie gekannten Höhen der Euphorie.

Professor K. hatte Recht, das Blutbild verbesserte

sich von Tag zu Tag, und gleichzeitig kehrten die Lebensgeister in Thomas' Körper zurück. Die Vorhänge wurden aufgezogen, das Licht kehrte in das Krankenzimmer zurück und mit ihm die guten Nachrichten. Die Laborbefunde hatten ergeben, dass Thomas gleich zwei mögliche Knochenmarkspender zur Verfügung standen, nämlich seine beiden Schwestern.

Familienspender, so erklärte ihnen der Professor, werden aus Gründen der besseren Gewebeverträglichkeit bevorzugt.

In Thomas' fortgeschrittenem Alter bedeutete ein Fremdspender ein erhöhtes Risiko, vom Körper abgestossen zu werden. Bevor Thomas die Stammzellen von einer seiner Schwestern bekam, wollte man aber noch eine weitere Option prüfen. Bei diesem Verfahren werden dem Patienten nach der Chemotherapie, also wenn das Knochenmark weitgehend frei von Krebszellen ist, eigene Stammzellen aus dem Blut entnommen, die er dann im Rahmen einer Transplantation zurück implantiert bekommt. Da es sich um körpereigenes Material handelt, wird dadurch das Risiko einer Abstossung des Transplantates, das auch bei einem Familienspender besteht, ausgeschlossen.

Mit der Rückkehr ihrer Kräfte wuchs bei Thomas und Lisa die Zuversicht, dem Ziel ihres Weges ein grosses Stück näher gekommen zu sein. Thomas nahm seine täglichen Übungseinheiten wieder auf und war entsetzt, wie sehr die letzten Wochen seinen Körper geschwächt hatten. Einer der behandelnden

Ärzte tröstete ihn: „Der Medikamentencocktail, den Sie bekommen haben, würde den stärksten Leistungssportler umhauen".

Das spornt ihn erst recht an, und in diesen Tagen hört Lisa oft von den Schwestern und Pflegern, wie sehr sie Thomas' Kampfgeist bewundern. Einer der Pfleger bringt es auf den Punkt: „Die meisten, die hier liegen, starren an die Decke und haben resigniert. Sobald sie aufgeben, haben sie verloren. Ich habe bisher noch keinen Patienten kennen gelernt, der in dieser Situation angefangen hat, Orgel zu spielen". Professor K. freut sich mit ihnen und lässt keine Gelegenheit aus, um ihnen Mut für die nächsten Schritte der Behandlung zu machen. Lisa freut sich jedes Mal, wenn er ins Zimmer kommt.

Er hat immer Zeit für sie beide, und während der letzten schwierigen Wochen hat er Lisa oft getröstet, wenn sie nicht mehr weiter wusste. Sie fragte sich oft, wieviel Kämpfe er schon miterlebt hatte und wieviel Niederlagen. Dennoch strahlte er immer Ruhe, Gelassenheit und einen überzeugenden Optimismus aus, der sich nie zu trostlosen Banalitäten wie ‚Wird schon wieder werden' hinreissen liess.

Die letzten Tage in der Klinik hatten Thomas und Lisa das Zimmer für sich allein. Der Zimmernachbar wurde verlegt, und sie waren dankbar für ein kleines Stück zurück gewonnener Privatsphäre. Von Tag zu Tag konnte Thomas nun seinen Bewegungsradius erweitern. Da er nicht mehr ständig an der Chemo-Leine hing, war er schon bald wieder so kräftig, dass er den Flur als Trainingsbahn mit einbeziehen konnte. Irgendwann war es dann tatsächlich so weit: sie sassen auf einer Bank des Klinikgeländes im Sonnenschein. Seltsam unwirklich erschien Lisa die Situation. Wenn man sich etwas so sehr wünscht und es dann Wirklichkeit wird, bleibt die grosse Freude darüber zunächst aus. Da war wieder das alt bekannte Gefühl der letzten Wochen: Lisa war Zuschauerin einer Szene, die gar nichts mit ihr zu tun zu haben schien. Sie spürt seine warme Hand in ihrer, die Frühlingssonne wärmt ihren Rücken, und die Blüten duften, aber was hat das alles mit ihr zu tun? Da läuft ein Film vor ihren Augen ab, auf den sie keinen Einfluss hat, den sie kaum begreifen kann.

Dann endlich der Tag der Rückkehr nach Hause. Etwas verloren geht Thomas durch das Haus, den Garten.

So lang war die Zeit in dieser Zwischenwelt zwischen Leben und Tod, dass er herumläuft wie ein Schlafwandler, der kaum noch unterscheiden kann zwischen Traum und Wirklichkeit.

In den nächsten zwei Monaten wurden regelmässige ambulante Besuche in der Klinik zur wöchentlichen Routine. Das Blutbild normalisierte sich nur langsam. Thomas war weiterhin auf Bluttransfusionen in Form von Blutplättchen und roten Blutkörperchen angewiesen. Man ist unter sich in dem Raum mit den bequemen Liegen und den Infusionen. Manche Patienten kommen mit ihren Partnern, manche sind allein, manche tragen noch den Mundschutz, manchen sieht man die Krankheit kaum an. Lisa sieht in junge und alte Gesichter auf der Suche nach der Formel, die sie von den Gesunden unterscheidet. Sie findet viel Melancholie und Traurigkeit und nur ganz selten den Hauch heiterer Gelassenheit derjeniger, die wissen, dass sie schon fast alles hinter sich haben. Einmal sprach sie ein älterer Herr an, der neben Thomas auf seiner Liege lag. Er lächelte, als er fragte: „Sie sind neu hier, nicht wahr? Ich habe Sie noch nie gesehen". Thomas hält die Augen geschlossen. Lisa weiss, dass er sich nicht unterhalten möchte. Also erzählt sie kurz ihre Geschichte.

„Ich bin sicher, dass Sie beide es schaffen. Ich spüre Ihre positive Ausstrahlung, und Sie stehen Ihrem Mann bei. Darauf kommt es an, dass man zusammenhält. Sie lassen sich nicht unterkriegen, das merkt man. Ich wünsche Ihnen alles Gute". Er lächelt heiter und gelassen, und plötzlich weiss Lisa: Egal, wohin sie dieser Weg führt, es ist wichtig, wie man ihn geht. Die Krankheit wird ihnen ihren Stempel aufdrücken, aber genau das ist es auch, was jeden Tag für sie so kostbar macht.

Die Abstände zwischen den Bluttransfusionen werden grösser, aber die Thrombozyten, die Blutplättchen, bleiben im unteren Normbereich.

Im Mai beginnt Thomas die Spritzenkur zur Anregung der Stammzellenbildung im Blut.

Es gibt einen bestimmten Wert, der erreicht werden muss, bevor sie entnommen werden können. Die Ergebnisse bleiben von Woche zu Woche unverändert niedrig. In der vierten Woche steigt der Wert etwas an, aber das reicht nicht aus für eine Entnahme. Sie sagen, das Knochenmark ist leer, zu sehr geschädigt durch Krankheit und Behandlung, so dass es keine Stammzellen bilden kann. Eine Eigenspende kommt also endgültig nicht in Frage. Die Thrombozyten haben sich im unteren Normbereich eingependelt, so dass Thomas nicht mehr auf Transfusionen angewiesen ist. Die Transplantation wird auf unbestimmte Zeit verschoben.

„Sie sind zwar nicht geheilt, aber wir brechen die Behandlung ab und hoffen, dass sich Ihr Organismus von den Strapazen erholt. Die Krankheit wird zu 90% zurückkommen, aber das kann Jahre dauern. Mehr können wir im Moment nicht für Sie tun. Sie sollten Ihr Blutbild in regelmässigen Abständen untersuchen lassen, damit wir im Falle eines Rückfalles sofort reagieren können". Damit sind sie in eine pseudo-Normalität entlassen: nichts mehr so wie früher, die alten Gewissheiten verbraucht, jeder Tag auf Abruf.

Alle freuen sich, dass Thomas wieder zu Hause ist und sein altes Leben wieder aufnimmt. Für die meisten ist er geheilt. Die, die es besser wissen, reden nicht darüber.

Lisa weiss, dass der Drachen schläft und dass er jederzeit wieder aus seiner Höhle kriechen kann. Es gibt keine Sicherheit, nur die, jeden Tag neu zu leben.

Exil

Fremd seid ihr mir
Mit euren Fragen
Wie es uns geht
Was wir so tun den ganzen Tag
Was wisst ihr denn schon
Von Hoffnung und Angst
Und dem grossen Gevatter dem langen Schatten
In dem wir gefroren
Für so lange Zeit

Nichts ist wie es war
Das Land das wir teilten
Ist nicht mehr meins
Laute Gewissheiten
Zerstören die Stille
Die übrig bleibt

Wenn Sprache versagt
Vor mächtigen Fakten
Wird ein Lächeln
Kostbar

9

So schön kann das Leben sein. Koffer packen und verreisen, einige Tage im Hotel verbringen, den Service geniessen, Einkäufe machen, bummeln, so schmeckt das Leben, Gerüche, Geräusche, die Vielfalt unfassbar, Lichtjahre entfernt von der Stille des kleinen Zimmers. Thomas, der Geniesser, Thomas, der Lebenslustige, Thomas, der Zombie. Unter dem Hemd trägt er immer noch den ZVK, für eventuell notwendig werdende Bluttransfusionen. Sie stehen im Hotelfahrstuhl, und einer der Gäste hat offensichtlich den Schlauchansatz unter dem Hemd bemerkt. Ungeniert starrt er auf die Stelle, bis Lisa Thomas anspricht: „Du, Frankenstein, ..." Prompt bekommt sie einen Lachanfall, und der Mann stürzt in der nächsten Etage mit hoch rotem Kopf aus der Tür.

Grenzgänger, sie beide, zwischen dem Reich der Stille und Frankreich im Spätsommer, der Sommer verblutend zwischen allen Farbschattierungen von leuchtend Orange bis gelb grau oder über ihnen die Sterne zum Greifen nah, die Landstrasse verschluckt ihre beiden Gestalten, ein Wagen rast heran, nur ein Sprung rettet sie beide, und Thomas murmelt gegen Lisas Schrecken: „Was ist daran so schlimm, wenn es uns beide gleichzeitig trifft?"

Was sie zu Tode erschreckt, lässt ihn nur müde lächeln, Thomas, den einsamen Kämpfer, der die grosse Kälte schon in sich trug. Auf der Landstrasse in Frankreich wird Lisa klar, dass sie beide in verschiedenen Welten existiert haben. Stille und Einsamkeit haben sie geteilt miteinander, aber die eisige Kälte hat er allein ertragen, und die Furien der endlosen Nächte hat sie nicht vertreiben können.

Zu Hause wartet das normale Leben, Thomas stürzt sich hinein, Lisa findet sich nur zögernd darin zurecht. Sie hat nicht vor, wieder in ihren Beruf als Lehrerin zurück zu gehen.

Wie soll sie sich vertraglich binden, wenn sie vielleicht schon in ein paar Monaten wieder ihrem Mann in der Klinik beistehen muss? Welcher Arbeitgeber hält eine Stelle auf Abruf frei? So konzentriert sie sich darauf, nach den Monaten der Entbehrungen wieder zu Kräften zu kommen. Spaziergänge im Wald lassen sie langsam ruhiger werden, die Natur nimmt sie in ihre Arme, hier muss sie nicht stark sein oder mutig, sie ist eins der Wesen, die Wärme und Kälte empfinden, Sonne und Regen, Teil des endlosen Kreislaufes, einfach nur sie selbst.

Ihre Beziehung zu ihren Mitmenschen hatte sich verändert. Sie kam aus einem den anderen unbekannten Land, und auf Geburtstagen oder bei gemeinsamen Essen fand sie nicht die Worte zu schildern, wie es darin zuging. Thomas hasste es, über seine Krankheit zu reden, und kaum jemand traute sich, ihn darauf anzusprechen. So wurde Lisa zur hauptsächlichen Adressatin der Fragen, die sie nur allzu häufig als halbherzige Versuche empfand zu verstehen. Sobald es um existentielle Inhalte ging, konnte sie die Angst ihres Gegenübers mit Händen greifen. Im Laufe der Zeit wurde deutlich: Wir wollen zwar wissen, wie es euch geht, aber verschon uns bitte mit den unangenehmen Einzelheiten. Irgendwann begriff Lisa: Thomas und sie verkörperten eine der schlimmsten Erfahrungen, die man im Leben machen kann, wenn der Tod zur täglichen Bedrohung wird. Wer mochte sich schon damit ganz bewusst auseinandersetzen? So beliess sie es mehr und mehr bei belanglosen Floskeln, obwohl sie gern über sich und ihre Erfahrungen gesprochen hätte und darüber, wie sich ihr Leben verändert hatte.

Da es aber niemanden gab, mit dem sie das hätte tun können, wurde das Nachdenken über sich und ihr bisheriges im Vergleich zu ihrem neuen Leben zu ihrer Gedankenwelt, in der sie sich immer mehr verkroch.

Väterchen liegt in seinem Bett; ein kleiner abgezehrter Mann, von langer Krankheit deutlich gezeichnet. Als er Lisa sieht, leuchten seine Augen in dem müden Gesicht:

„Na, Kleine, schön, dass du kommst." Sie legt den Kopf auf seine Schulter und hört bei jedem Atemzug das bedrohliche Rasseln in seiner Brust. Zusehen müssen, wie jemand immer schwächer wird und trotzdem versucht, sich wieder aufzuraffen. Sie sieht die durchwachten Nächte, die Schmerzen, Spuren der Medikamente in dem geliebten Gesicht; Runen einer unheilbaren Krankheit, die der ganzen Familie ihren

Stempel aufgedrückt hat.

„ Mir geht's schon wieder besser," sagt er und versucht sein altes verschmitztes Lächeln. „Du weisst doch, Unkraut vergeht nicht." „Klar," sie räuspert sich ihre Angst von den Stimmbändern, aber es nützt nichts. Ihre Stimme wackelt ein bisschen, als sie ihm erzählt: „Die Abi-Arbeit in Deutsch ist prima gelaufen, ich hab' ein ganz gutes Gefühl."

Sie spürt seine Hand auf ihrem Kopf: „Meine Tochter macht Abitur, und dann kann sie studieren. Mach's besser als dein Vater. Bei dem hat's nur zum Postbeamten gereicht."

Eine Hustensalve explodiert in dem mageren Körper, schüttelt und zerrt ihn aus den Kissen, nimmt ihm den Atem. Lisa kennt das nur zu gut, es dauert meist ein paar Minuten. Sie legt einen Arm um seinen knochigen Körper und versucht, ihn zu stützen, aber er wehrt sie ab und keucht: „ Hol Ma und sag ihr, sie möchte den Inhalationsapparat mitbringen. Geh du lieber wieder in dein Zimmer, du hast sicher noch zu tun."

Auf dem Weg zur Tür geht es ihr durch den Kopf: *Und wenn er nun stirbt?* Sie dreht sich noch einmal zu ihm um, und da ist kein Lächeln mehr auf seinem Gesicht:

Die Augen liegen tief in ihren Höhlen, die Haut spannt über den Wangenknochen... Im Kunstunterricht haben sie Kupferstiche von Albrecht Dürer besprochen. Der Schnitter, der Sensenmann, da sitzt er, mitten in ihrem Zuhause. –

Thomas geht es deutlich besser. Niemand, der ihn

sieht, ahnt, in welcher Verfassung er noch vor ein paar Wochen war, aber in Lisas Kopf führen die Bilder ein eigenes Leben. Ein kleiner Mensch, aufrecht im Bett sitzend, jeder Atemzug mühsam erkämpft, und ein junges Mädchen, die nicht weiss, wie sie ihm helfen soll. Sie hat diese Bilder vor langer Zeit fest verschnürt wie ein Paket, das man gut versteckt, damit es niemand findet. Nun haben sie sich selbständig gemacht, und es sind viel mehr, als sie gedacht hat. Wie soll sie nur alle wieder einsammeln?

Manchmal kommt die Müdigkeit völlig unerwartet, wie ein Keulenschlag aus dem Hinterhalt. Meist, wenn der Strom der Bilder in ihrem Kopf nicht abreissen will, das Rad der Gedanken unerbittlich mahlt und ihren Optimismus und ihre Hoffnungen zermürbt zu winzig kleinen Bruchstücken ihres Selbst. Meist verkriecht sie sich dann in ihrem Bett oder auf der Gartenliege und fällt in Schlaf, der sie für kurze Zeit aus ihrem Gefängnis befreit. Sich zusammenrollen unter der Decke und sich wohlig ausstrecken, was für eine Wohltat für den Rücken, der für Wochen Stunden lang regungslos jeden Tag auf einem Stuhl zugebracht hat. Immer dieselbe Haltung, nur ja sich nicht rühren, um den kostbaren Schlaf nicht zu vertreiben. Sie verschläft ganze Tage, und auch Nachts lässt sie sich dankbar fallen in das Nicht-Denken, das Nicht-Besorgtsein.

Morgens dann das Aufstehen kostet sie oft schon Überwindung. Sie fürchtet den Tag, der vor ihr liegt. Seine Stunden wollen mit Inhalten gefüllt werden, aber mit welchen?

Mühsam tastet sie sich entlang an dem Gerüst Einkaufen, Kochen, Haus und Garten, nach aussen hin funktioniert alles wie in ihrem alten Leben, aber sie hat wenig Lust, unter Menschen zu gehen. Worüber soll sie mit ihnen reden? Die anderen haben Kinder, einen Beruf, planen den nächsten Urlaub, sie leben in ihrer Welt der Selbstverständlichkeiten, die sie umgibt wie ein Schutzschild. Lisa weiss, dass es für sie diesen Schutzschild nicht mehr gibt. Sie hat ihn verloren, aber dafür die Erkenntnis gewonnen, dass ein einziger Tag ein ganzes Leben für sich beinhaltet, ein Leben so zerbrechlich und kostbar wie eine Blume, die ein achtloser Schritt zerstören kann.

Sie bewundert die Kraft, mit der Thomas sein Leben wieder aufbaut. Er hat den Kontakt zu seiner alten Firma wieder aufgenommen, für die er als Personalberater arbeitet. Er führt Gespräche mit jungen Menschen und berät sie in ihrer Karriere- und Lebensplanung. Die Arbeit mit den jungen Leuten macht ihm Spass, und er erzählt ihr viel darüber. Sie reden über Motivation und über das, was Menschen antreibt und über Blockaden. Thomas' Krankheit hat für Lisa eine grosse Distanz geschaffen: nicht nur zu ihren Mitmenschen, sondern auch zu ihrem bisherigen Leben. Je mehr sie darüber nachdenkt, umso klarer wird ihr, dass sie die richtige Entscheidung für sich getroffen hatte, als sie ihren Beruf aufgab. Unvorstellbar, jetzt noch weiter in einem System existieren zu müssen, das den Einzelnen zum seelischen Krüppel aus Resignation und Frust macht, der sich nur noch mit Mobbing und Intrigen über Wasser halten kann.

Sie hat für sich eine neue Aufgabe im privaten Bereich gefunden, die sie bei zusätzlicher beruflicher Belastung nie hätte bewältigen können.

Dabei hatte Lisas Entscheidung, ihren Lehrberuf aufzugeben, nichts mit Thomas' Krankheit zu tun. Der Entschluss fiel ein halbes Jahr vor der Leukämie Diagnose und war das Ergebnis einer Jahre langen Auseinandersetzung mit dem Kollegium und der Schulleitung gewesen. Lisa hatte vergeblich versucht, Anregungen aus der freien Wirtschaft aufzunehmen und sie in die Schule herein zu tragen, um die dortigen Arbeitsbedingungen zu verbessern. Sie musste aber die Erfahrung machen, dass man sich trotz aller Klagen recht gut mit der bestehenden Situation arrangiert hatte, dass grundlegende Änderungen nicht gewünscht waren. Alkoholmissbrauch und Depressionen waren bei den Kollegen an der Tagesordnung, wurden aber billigend in Kauf genommen. Lisa war der Störenfried, den es zu beseitigen galt, nicht etwa die Schwächen des Systems. So schied sie im Zorn aus ihrem Berufsleben aus, das ihr an drei verschiedenen Schulen ähnlich trostlose Erfahrungen beschert hatte.

Diese Kämpfe lagen nun hinter ihr. Rückblickend war sie selbst darüber verwundert, wie lange sie es in ihrem Beruf ausgehalten hatte. Warum hatte sie nicht viel eher aufgehört damit, um etwas anderes zu tun? Bezeichnender Weise stellte sie sich diese Frage erst, seitdem sie mit Thomas zusammen war. Ein Beruf war kein Schicksal, das man bis an sein Lebensende erdulden musste. Er war nur eine von vielen veränderbaren Komponenten eines Lebens. Es lag an ihr, die Weichen so zu stellen, dass sie damit leben konnte. Lisa hatte das beste Beispiel dafür jeden Tag an ihrer Seite.

Zwar akzeptierte Thomas seine Krankheit, aber er liess es nicht zu, dass sie sein Leben dominierte. Dadurch, dass er ihr so viele Aktivitäten entgegen setzte, gewann er genügend Freiraum für sich selbst.

Die Zeit vergeht, Thomas' Zustand stabilisiert sich, die Abstände zwischen den Arztbesuchen werden grösser. Die Thrombozyten liegen auch nach Monaten immer noch nicht im Normbereich, aber es sind genügend da, um auf Transfusionen verzichten zu können. Sie fahren zu den Blutuntersuchungen immer gemeinsam in die Klinik, Lisa jedes Mal mit klopfendem Herzen. Wie lange wird die Chemo die Krankheit in Schach halten können, gibt es erste Anzeichen im Blutbild, die auf einen Rückfall schliessen lassen? Der Arzt kann sie jedes Mal beruhigen, und auch das Ergebnis der letzten Knochenmarkpunktion war beruhigend.

Thomas freut sich seines neu gewonnenen Lebens, und Lisa? Sie geniesst die Urlaube in Italien und England.

Das Ungeheuer schläft.

10

„ Komm, lass uns eine Pause machen. Wir können uns hier vorne auf die Wiese setzen.“ Sie hatte gemerkt, dass seine Schritte in den letzten Minuten langsamer geworden waren, und sie wusste, dass er sich auf keinen Fall überanstrengen durfte. Die langen Monate seiner Krankheit hatten sie aber auch gelehrt, wie wichtig es für ihn war, stets bis an die Grenzen seiner Leistungsfähigkeit zu gehen, ständig die Herausforderung zu suchen, und sei es nur, um wieder für ein paar Minuten auf seinen eigenen Beinen zu stehen.

Es war einer von diesen Tagen, in denen uns die Natur anlacht. Zwitschernde Vögel, blühende Bäume und ein frischer Wind scheinen uns einzuladen, den ewig wiederkehrenden Tanz mit zu tanzen: pure Lebensfreude zu geniessen. An diesem Sonntagvormittag hatten die ersten warmen Sonnenstrahlen viele Spaziergänger und Radfahrer auf den Rheinuferweg gelockt. Auf einem kleinen Rasenstück vor einer Viehweide konnten sie ihre Jacken ausbreiten und sich für eine Verschnaufpause darauf setzen.

Vor ihnen glitzerte der Fluss in der Sonne. Da er Hochwasser führte, war seine Strömung ziemlich stark. Er hatte allerlei Treibgut in den Weiden und Sträuchern über das ganze Ufer verteilt. Spielzeug für Kinder und Hunde, die ihren Spass an alten Dosen und Stöcken hatten, mit denen man wunderbar:

„ Schmeiss weg – ich fang's" spielen konnte. Sie waren ganz versunken in ihre Spiele, von den Erwachsenen mit nachsichtigem Lächeln beobachtet. Verstohlen betrachtete sie ihn von der Seite.

Er hielt die Augen geschlossen und streckte sein Gesicht in die Sonne. Wie blass und schmal ihn die langen Monate in der Klinik gemacht hatten. Mit einem wohligen Seufzer streckte er sich lang im Gras aus:

„ Ist es nicht ein Wunder, wir beiden hier zusammen. Riechst du das Wasser?"

Tief sog er die Luft durch die Nase, wie um auch die kleinsten Essenzen darin wahrzunehmen. Als Antwort nahm sie nur seine Hand, die er nach ihr ausgestreckt hatte, klein und weiss und ein bisschen knochig.

Sie betrachtete einen schillernden Käfer, der mühsam einen Grashalm herauf krabbelte, nur um dann auf der anderen Seite wieder herunter zu klettern. Der nächste Halm, der nächste mühselige An- und Abstieg.

Es war ihnen nicht anders ergangen: jeden Tag musste ein neuer Achttausender bezwungen werden, denn jeden Tag mussten Angst und Ungewissheit neu überwunden, Motivation aufgebaut und alle Kräfte mobilisiert werden, über viele Wochen und Monate.

Er hatte Recht: hier draussen zusammen sitzen zu können war ein Wunder, ein Geschenk für sie beide, wie jeder Tag, den sie gemeinsam verbringen konnten. Sie spürte die warme Sonne auf ihrem Rücken und merkte, wie sich ein Teil ihrer Anspannung zu lösen begann. Eine junge Familie ging an ihnen vorbei. Die Mutter schimpfte mit ihrer kleinen Tochter, weil sie anscheinend wenig Spass an dem Spaziergang hatte und umkehren wollte.

Ob sie wussten, wie reich sie waren? - Der glitzernde Fluss, der strahlende Himmel, die warme Sonne, die weiche Luft waren für alle da. Sie schienen nur darauf zu warten, bewundert und genossen zu werden. So alt wie die Zeit, würden sie auch ihren gemeinsamen Kampf überdauern. Ein tröstlicher Gedanke, Teil dieses grossen unendlichen Kreislaufes zu sein.

„ Komm, lass uns zurückgehen." Sie gab ihm die Hand, um ihm aufzuhelfen. Im gleichen Moment sah sie, wie der kleine unverdrossene Gipfelstürmer im Gras seine durchsichtigen Flügel ausbreitete und geradewegs in die Sonne flog.

Ein gutes Omen für die Zukunft.

11

Die Zeit: eine schwer fassbare Grösse war sie geworden. Früher hatte Lisa nie darüber nachgedacht. Sie war so selbstverständlich gewesen wie Essen und Trinken jeden Tag, so reichlich vorhanden, im Überfluss verfügbar, ohne dass man nachdenken musste, womit man sie verbrachte.

Die Krankheit hatte sie plötzlich kostbar gemacht und zu einer relativen Grösse werden lassen. Stunden und Tage in der Klinik hatten das Gewicht von Jahren, waren so dicht von erlebter Materie, dass sie zu schwarzen Löchern in Lisas Bewusstsein geworden waren, die alles verschluckten, was ein alltägliches Leben ausmachte. Sie musste lernen, die Normalität in ihrem Leben wieder zuzulassen, brauchte sie als Pufferzone, die sie vor der zerstörerischen Anziehungskraft der überschweren Materie schützte.

So kam Lisas Entschluss, eine Zusatzausbildung als Trainerin für die Erwachsenenbildung zu machen, in dem Bewusstsein zustande, den müden Geist mit neuen Inhalten zu erfrischen. Es tat gut, neue Menschen mit unterschiedlichen Berufen kennen zu lernen und sich mit neuen Lehr- und Lernmethoden auseinander zu setzen.

Lernen mit allen Sinnen, ein sehr spielerischer Ansatz, der den Teilnehmern viel Raum für eigene Kreativität lässt. Lisa stürzte sich mit Begeisterung in die neue Aufgabenstellung, und das umso mehr, da ihr ihre kritische Einstellung zu ihrem Lehrberuf dabei entgegen kam. Während der Tagesseminare gelang es ihr fast immer, ihre persönlichen Probleme auszublenden, aber wenn es darum ging, frei zu assoziieren, holten sie die Bilder der letzten Monate mitunter wieder ein.

Einmal verliert sie dermassen die Fassung, dass sie in Tränen ausbricht.

Sie ärgert sich über sich selbst, möchte vor Fremden keine Schwäche zeigen, aber gleichzeitig wird ihr auch bewusst, wie dünn die Oberfläche ist, unter der die Ereignisse der letzten Monate verborgen liegen. So gelingt es ihr nicht, innerhalb der Gruppe persönliche Kontakte aufzubauen, zu verschieden sind ihre Erfahrungswelten.

Am Ende der Zusatzausbildung aber ist sie stolz auf ihre Qualifikation als Trainerin: zumindest für eine Weile ist es ihr gelungen, ihre Einsamkeit zu verlassen und sich mit neuen Inhalten zu beschäftigen.

Aber es gibt Zeiten, in denen sie kaum ankommt gegen die grosse Müdigkeit. Sie muss sich aufraffen zu den selbstverständlichsten Tätigkeiten, alles trägt den Hauch von Vergeblichkeit. Sie hat keine Erklärung für die zunehmende Traurigkeit, die ihr mehr und mehr zusetzt. Vergeblich versucht sie sich an ihr früheres Leben zu erinnern, als die Sonne noch selbstverständlich schien und sie morgens aufstand, ohne dass eine unsichtbare Klammer um ihre Brust sie daran hinderte zu atmen. Manchmal spürt sie, wie ihr Herz aus dem Takt gerät, so wie ihr Leben aus dem Gleichgewicht geraten ist.

Sie bemüht sich, sich nichts von diesen Spannungen anmerken zu lassen, denn sie möchte Thomas seine neu gewonnene Lebensfreude nicht verderben. Manchmal fragt er sie, was mit ihr los ist. Dann flüchtet sie sich in Allgemeinplätze. Was soll sie ihm auch sagen? Sie fühlt sich oft krank und schwach, aber wie soll sie darüber reden, wenn sie selbst keine Erklärung dafür hat? Thomas geht es besser, und alle Welt freut sich mit ihm darüber.

Lisa möchte nicht zur Kassandra werden, aber ihr Unterbewusstsein spricht eine ganz eigene Sprache und erinnert sie an den schlafenden Drachen in seiner Höhle.

Es gibt Urlaube in Italien und England, die Toskana im Frühling mit Düften und Farben im Überfluss, Abendessen an langen Tischen mit Freunden, viel Wein und Gelächter, eine perfekte Ferienkulisse. Für Lisa ist das alles eingetaucht in ein Gefühl von Vorläufigkeit, eine Fotografie, deren Farben durch einen Filter ihre Helligkeit verlieren. Vor Lisas Augen spielt sich das Leben ab, ohne sie allzu sehr zu berühren. Ihr wird nur warm ums Herz, wenn sie sieht, wie Thomas sich freut und jeden Augenblick aus vollen Zügen geniesst. Es gibt lodernde Sonnenuntergänge und samtige Abende auf verwunschenen Terrassen, aber der Nachtfalter, der immer wieder um die Kerze taumelt droht, sich die Flügel zu verbrennen. Nur wenn sie Thomas' Hand nimmt und seine Wärme spürt, ist die Welt noch, was sie vor langer Zeit einmal war: ein Ort der Geborgenheit und Zuversicht.

Im Herbst radeln sie durch das Münsterland. Kurz vor dieser Tour waren sie noch in der Klinik zum Routine Check. Für Thomas sind die Tagesetappen kein Problem, er hat seine Kondition weitestgehend wieder aufgebaut, alles ist also in bester Ordnung.

Ein paar Tage nach ihrer Rückkehr ruft Professor K. persönlich an. Das Blutbild ist nicht in Ordnung, eine neue Knochenmarkpunktion ist nötig, um zu überprüfen, ob ein Rückfall vorliegt.

Lisa weiss schon vor dem Ergebnis, dass nun der schwierigste Teil ihres gemeinsamen Weges beginnt.

Drei Jahre hat das Ungeheuer geschlafen. Nun muss Lisa hilflos zusehen, wie es wieder aus seiner Höhle kriecht.

12

„ Raus hier, Sie machen hier gar nichts mehr, sofort hier raus!" Die Frau, die da neben ihr steht, ist Lisa, und sie ist es auch wieder nicht. Sie hat ihre Stimme und sieht so aus wie sie, aber in dieser Lautstärke redet Lisa normaler Weise nicht, und schon gar nicht mit Krankenschwestern. Sie weiss, dass Thomas und sie auf die Schwestern angewiesen sind in ihrem gemeinsamen Kampf. Das aber ging heute zu weit. Thomas sitzt, Panik im Gesicht, mit weit aufgerissenen Augen in seinem Bett und ächzt: „Keine Luft, ich kriege keine Luft!"

Die Schwester hatte gerade eine Infusion mit Kalium an das System angeschlossen und war dabei nicht vorsichtig genug gewesen. Lisa hatte sie extra darauf hin gewiesen, dass Thomas' vorgeschädigtes Herz sehr empfindlich auf den Stoff reagiert. Nun war zum wiederholten Mal das passiert, was man ihm mit etwas mehr Sorgfalt hätte ersparen können: Herzrasen und akute Luftnot.

Lisas Stimme wird sehr laut und sehr schneidend, und sie weiss, dass sie aufpassen muss, damit sie nicht vollständig die Beherrschung verliert. Damit würde sie ihrem Mann nur schaden. Ein Auftritt als hysterische Ehefrau würde die Basis der Zusammenarbeit mit dem Pflegepersonal, die sich in den vergangenen Wochen als so nützlich erwiesen hat, zerstören, zu Lasten von Thomas. Aber sie spürt auch, wie sich die lang aufgestaute Spannung bei ihr durch diesen Zornausbruch löst. Lisa, die Beherrschte, die immer Präsente, ständig ruhigen Optimismus verströmend, spürt, wie tief in ihr ein Damm zu brechen droht, ein Damm, den sie in harter Arbeit errichtet hat, um Thomas vor negativen Einflüssen zu schützen.

Ein klärendes Gespräch mit der Stationsschwester glättet die Wogen, aber Lisa braucht lange, um ihr inneres Gleichgewicht wieder herzustellen.

Ihr wird klar, wie dünn die Oberfläche geworden ist, unter der Ängste und Zweifel rumoren wie Magma kurz vor der Explosion. Thomas sieht sie nur an mit seinen Augen, die so müde geworden sind seit den letzten zwei Wochen, sagt aber nichts. Sie weiss, dass er froh ist, dass sein Herz sich wieder dahin zurück gezogen hat, wohin es gehört, vom Hals in die Brust. Sie versucht, die Situation ins Lächerliche zu ziehen: „Wenn ich so weiter mache, kriege ich noch Hausverbot, wegen Randalierens". Er grinst und drückt ihre Hand und legt seinen müden Kopf auf ihre Schultern, und sie muss aufpassen, dass sie ihr inneres Gleichgewicht nicht schon wieder verliert.

Seit zwei Wochen läuft die Vorbereitungsbehandlung zur Transplantation. Der Krebszellenanteil im Knochenmark muss jetzt unter 10% gedrückt werden, sonst stehen die Chancen für einen Erfolg gleich 0. In den nächsten Tagen wird sich entscheiden, ob die Vorbehandlung erfolgreich war. Lisas Bewunderung für ihren Mann wächst von Tag zu Tag. Woher nimmt er nur die Kraft, seinen malträtierten Körper durch diese neue Tortur zu bringen, wohl wissend, dass in ein paar Wochen der Kampf erst richtig beginnt. Sie wissen beide, dass dies nur der Auftakt ist zu einem Finale, das ihnen beiden das Äusserste abverlangen wird. Die bevorstehende Transplantation ist Thomas' letzte Chance, gegen die Krankheit zu gewinnen. Sie müssen jetzt alles auf eine Karte setzen, denn einen weiteren Rückfall würde er nicht überleben.

Das Vorgespräch mit dem Professor in der Spezialklinik war sehr ausführlich und sehr offen. Für den anstehenden Eingriff muss Thomas die Klinik wechseln, denn in dem Krankenhaus, in dem er zur Zeit behandelt wird, gibt es keine so genannten „hoch sterilen Einheiten".

Das sind spezielle Zimmer, in denen die gerade transplantierten Patienten weitestgehend vor Keimen und Bakterien geschützt werden. Ein technischer und personeller Aufwand, den herkömmliche Kliniken nicht leisten können. Thomas' Schwester Maria war bei diesem Vorgespräch dabei, denn sie als Spenderin der Stammzellen würde, wenn auch indirekt, mit betroffen sein. In Zusammenhang mit den Risiken der Transplantation für den Patienten fielen die Begriffe ‚tödlich' und ‚sterben' häufiger, für Lisa und Thomas vertraute Gefährten der letzten Jahre. An Marias fassungslosem Gesicht erkennt Lisa, dass ihr anscheinend erst jetzt völlig klar wird, wie es um ihren Bruder steht.

Sie wird vier Wochen vor dem geplanten Transplantationstermin damit beginnen, sich ein Medikament zu spritzen, das die Bildung der Stammzellen in ihrem Blut anregen soll. Am Tag der Transplantation werden ihr in einer Art Blutwäsche die Stammzellen entnommen, um sie dann unmittelbar danach Thomas in Form einer Bluttransfusion zu übertragen. Früher entnahm man den Spendern Knochenmark aus der Beckenschaufel. Dazu war eine kleine Operation mit anschliessendem mehrtägigem stationären Aufenthalt nötig. Die Stammzellenentnahme ist für den Spender weit weniger unangenehm und Risiko reich.

Als die Entscheidung anstand, war es für Maria keine Frage, ihrem Bruder zu helfen. Die richtigen Schutzengel tragen keine Flügel, und sie machen kein Aufhebens von ihrer Aufgabe. Sie sind einfach da, wenn sie gebraucht werden.

Das Ergebnis der Kontrollpunktion ist zufriedenstellend. Sie haben eine Teilremission erreicht. Die Krebszellen sind nicht völlig verschwunden, aber unter einen Anteil von 8% gesunken. Die Devise heisst „Jetzt oder nie".

13

Thomas' neue Adresse für die nächsten sechs Wochen heisst: Universitätsklinik, Institut für KMT (Knochenmarkstransplantation), Station I, Zimmer3. Um auf die Station zu gelangen, muss man durch eine erste Schleuse, um sich umzuziehen. Für den Anfang genügt ein langer blauer Kittel und Überschuhe, da die Zimmer zu Beginn der Behandlung noch nicht steril sind. Sie sitzen auf dem Flur zwischen blauen und grünen Gestalten mit Mundschutz, die auf leisen Sohlen hin und her huschen. Der Boden glänzt frisch gewischt und riecht nach steriler Sauberkeit. Die Putzfrauen tragen die gleiche Kleidung wie die Ärzte und das Pflegepersonal, eine verschworene, in sich geschlossene Gemeinschaft, in der jeder genau zu wissen scheint, was er zu tun hat. In der Mitte der Station liegt eine verglaste Loge. Dort befindet sich ein Monitor, auf dessen Bildschirm Kurven abgebildet sind. Sie erinnern Lisa an die EKG-Kurve bei ihrem Internisten. Eine der vermummten Gestalten hat den Monitor ständig im Auge, die dort abgebildeten Kurven wechseln ständig, anscheinend stammen sie aus den verschiedenen Zimmern. Wahrscheinlich eine zentrale Video-Überwachung. Endlich kommt eine Schwester und zapft Thomas 24 Röhrchen Blut ab, Material für die Voruntersuchungen, bevor die eigentliche Therapie beginnt. Danach können sie Thomas' Zimmer in Augenschein nehmen und dort auf den Stationsarzt warten. Das hier hat nichts mehr mit einer ‚normalen‘ Klinik zu tun. Die Türen, an denen sie vorbei gehen, haben alle eine Glasscheibe, durch die man einen kleinen Vorraum, eine Art Teeküche, sieht. An jeder Tür der Hinweis ‚steril‘ oder ‚nicht steril‘. Das eigentliche Zimmer betritt man durch eine zweite Tür, ebenfalls mit einer Glasscheibe.

Der Raum ist also von aussen für das Pflegepersonal einsehbar. In einigen der Zimmer sieht man kahlköpfige oder vermummte Gestalten auf den Betten sitzen oder liegen, blasse Gesichter, schmal oder aufgedunsen. Manche müden Augenpaare sehen Lisa durch die beiden Türen hindurch an, und sie senkt den Blick und schämt sich, dass sie gesund ist.

Ärzte und Pflegepersonal sind erstaunlich jung, viele in ihren Zwanzigern oder Dreissigern. Der lockere Umgangston deutet darauf hin, dass es keine oder nur wenige hierarchische Strukturen gibt. Eine deutliche Ausnahme bildet für Lisa Professor D., der Leiter der Transplantationsklinik. Gross und hager, strahlt er eine gewachsene Autorität aus, die Thomas und Lisa beeindruckt. Er lässt keine ihrer Fragen, die während der Therapie aufkommen, unbeantwortet und hat immer Zeit für sie. Sobald er im Türrahmen des Zimmers auftaucht, ziehen Ruhe und Zuversicht da ein, wo vorher Ängste und Zweifel waren. Sicher wird das Herz durch die radikale Chemo in Mitleidenschaft gezogen, aber dafür - beruhigt sie der Professor - gibt es den Kontrollmonitor, der die EKG-Kurven gewissenhaft aufzeichnet und im Falle einer gefährlichen Abweichung Alarm gibt. Dass die Haut sich rötet, in Thomas' Fall auf dem Rücken, ist auch nichts Ungewöhnliches. Der Körper wehrt sich gegen die fremden Stammzellen. Diese Abwehrreaktion ist bis zu einem gewissen Grade sogar erwünscht, weil sich der Körper dadurch gegen die Krankheit immunisiert. Nach Wochen der Behandlung entzünden sich Thomas' Schleimhäute derart, dass er kaum noch essen und trinken kann. Er braucht eine spezielle Luftkissen-Matratze, weil sein hoch roter entzündeter Rücken droht aufzuplatzen.

Die ruhige Gelassenheit von Professor D. und seine geduldigen Erklärungen relativieren die Beschwernisse, denen Thomas von Tag zu Tag in zunehmendem Masse ausgesetzt ist, und machen sie zu dem, was sie sind: zu notwendigen Übeln eines Weges, zu dem es keine Alternative gibt. Der eigentlichen Transplantation ist eine radikale Chemotherapie vorgeschaltet, die bei Thomas zu heftigen Übelkeitsattacken mit Erbrechen führt. Eine von vielen bekannten Nebenwirkungen, die den Organismus zusätzlich schwächen. In diesen entscheidenden Wochen wird Professor D. für Thomas und Lisa zum unverzichtbaren Lotsen zwischen den Klippen von Hoffnung und Angst, denen es immer wieder auszuweichen gilt.

Die Stunde Null dagegen erstaunlich lapidar: ein Beutelchen mit einer gelblich aussehenden Flüssigkeit, langsam in Thomas herein tropfend wie irgend eine der zahllosen Bluttransfusionen davor. Das also ist die Substanz seines neuen Lebens, die Stammzellen seiner Schwester Maria, gegeben am 4. Dezember, Thomas' neuer Geburtstag. Die Tage danach, quälendes Warten: Werden die fremden Stammzellen im Knochenmark anwachsen und sich vermehren? Sie wissen, dass dies längst nicht immer der Fall ist. Dann wäre der enorme Kraftakt für Körper und Geist umsonst gewesen, umsonst ihre Hoffnungen ... An dieser Stelle reissen Lisas Gedanken ab, sie erlaubt ihnen nicht, weiter zu wuchern und Schlingen zu bilden, in denen ihr Optimismus zu ersticken droht. Die schlimmste aller Möglichkeiten war nie ein Thema zwischen ihnen am Krankenbett, wohl aber in der Zeit davor, als es darum ging, alle wichtigen Dokumente zu sichten und zu ordnen. Versicherungsunterlagen, wichtige Telefonnummern, wo ist was abzulegen, nur widerwillig arbeiten Lisas Gedanken auf dieser Schiene, schweifen immer wieder ab zu Thomas' Blutwerten, zu dem Leuchten in seinem Gesicht, wenn er sie durch die Scheibe erkannt hat, noch bevor sie das Zimmer betritt.

Das Ritual der dazu notwendigen Vorbereitungen: Vor Betreten der Station Verkleiden im Umkleideraum (Schleuse). Baumwollhose und –oberteil, Überschuhe, Hände sterilisieren. Dann im Vorraum von Thomas' Zimmer: Überschuhe besprühen zum Sterilisieren, Haube aufsetzen, Mundschutz anlegen, sterile Handschuhe anziehen, langen Kittel aus der sterilen Verpackung nehmen und so anziehen, dass er auch steril bleibt. Nach vier vergeblichen Anläufen hat es Lisa schliesslich beim ersten Mal geschafft, alles richtig zu machen. Vor lauter Aufregung ist sie dabei ins Schwitzen geraten, und Thomas amüsiert sich über ihren roten Kopf, oder vielmehr über das, was er davon noch sieht. Mehr als Augen und Stirn ist es nicht.

Meist kommt das Mittagessen zu Beginn von Lisas Besuchszeit. Es befindet sich in speziellen Behältern, die vorher durch den Sterilisator gegangen sind. Dadurch soll die Nahrung so keimarm wie möglich gemacht werden. Alle frisch transplantierten Patienten sind extrem anfällig gegen Infektionen aller Art, also gerade auch gegen Pilze und Bakterien in Lebensmitteln. Durch das Sterilisieren verliert die Nahrung an Geschmack. Hinzu kommt, dass die Geschmacksnerven durch die starken Medikamente so sehr in Mitleidenschaft gezogen werden, dass zum Schluss alles gleich fade schmeckt. Doch diese Unannehmlichkeiten bringen Thomas nicht aus der Fassung. Die gefürchteten Kopfschmerzen der ersten Therapie haben sich nicht wieder gemeldet. Ausser zunehmender Müdigkeit, Entzündungen der Mundschleimhaut und einem Feuer roten Rücken plagen ihn keine grösseren Beschwerden.

Mit jedem weiteren Tag nach der Transplantation steigt die Spannung. Zum einen in dem Bewusstsein, einen gewaltigen Schritt nach vorn getan zu haben.

Zum anderen, weil jetzt die entscheidenden Tage immer näher rücken, in denen sich entscheidet, ob das Transplantat im Knochenmark anwächst.

Dann, am zwölften Tag „danach" die vorsichtige Auskunft des Oberarztes: „Es gibt erste Anzeichen im Blutbild Ihres Mannes, dass wir Erfolg haben". Lisa wäre ihm am liebsten um den Hals gefallen. Sie ist die erste, die Thomas die guten Neuigkeiten überbringt, aber der reagiert viel weniger euphorisch als erwartet: „ Nun lass uns erst mal abwarten, wie sich das entwickelt. So endgültig hört sich das noch nicht an". Er lächelt, aber seine Augen bleiben ernst. Sie versteht, dass er sich vor verfrühten Hoffnungen schützen will. Die Höhen der Euphorie sind gefährlich, wenn man daraus abstürzt in die dunklen Tiefen der Enttäuschung. Also nimmt sie ihn in die Arme, eigentlich streng verboten im hoch sterilen Bereich, aber manchmal ist eine menschliche Berührung wichtiger als alle Sicherheitsbedenken. Sein ganzer Körper scheint zu vibrieren, kein direktes Zittern, aber eine deutlich spürbare Spannung. Seit den letzten Tagen war sie immer da, wenn sie seine Hand gehalten hat.

Ruhe und Zuversicht, das ist es, was er jetzt braucht. Lisa mobilisiert alle Kraftreserven, um genau diese Atmosphäre im Zimmer zu schaffen, und es scheint ihr auch zu gelingen. Jedenfalls hört sie von den Schwestern und Pflegern, dass Thomas der beliebteste Patient ist, weil das Arbeiten mit ihm so einfach ist. Einer der Pfleger bringt es auf den Punkt: „Bei Ihnen ist es immer so gemütlich, man merkt, dass Sie beide sich gut verstehen. Wir müssen den Partnern oft Besuchsverbot erteilen, wenn wir merken, dass sie mit der Situation nicht fertig werden. Streitereien können den Erfolg der Therapie ernsthaft gefährden".

Das Lob macht Lisa stolz und glücklich und lässt sie ihre Magenschmerzen für einen Moment vergessen.

Vor ein paar Tagen, am frühen Morgen, war sie davon geweckt worden: heftige Krämpfe so wie in ihren Kindertagen, wenn sich ihr Magen vor Aufregung zusammen zog. Da sie sich nicht anders zu helfen wusste, beschloss sie, in die nächst gelegene Klinik zu fahren. Man empfahl ihr eine Magenspiegelung, deren Ergebnis Gott sei Dank negativ ausfiel. Sie konnte das Problem mit Tabletten in Schach halten. Während der kurzen Zeit als Patientin in der Klinik wurde ihr bewusst, wie wichtig es war, dass sie gesund blieb. Nur jetzt keine Schwäche zeigen, denn sie war Thomas' einzige wirkliche Bezugsperson. Sie durfte einfach nicht ausfallen. Die Beziehung zu seinen Geschwistern war gut, aber Lisa war die Gefährtin seiner schlimmsten Stunden gewesen. Sie hatte Müdigkeit, Schmerzen und Enttäuschung mit ihm getragen. Lächelnde Zuversicht war für den Rest der Welt bestimmt, der die Mühsal des Kampfes nur erahnen konnte.

Thomas erfährt nichts von Lisas Magenschmerzen, nichts von den schlaflosen Nächten, in denen ihr Herz sie nicht zur Ruhe kommen lässt. Das Pochen der Gedanken in ihren Schläfen, der Herzschlag, sie werden zu einem unerbittlichen Rhythmus, der ihr den Atem nimmt und ihr den Schweiss aus den Poren treibt. Es gibt keinen Ort, an dem sie ausruhen kann von Hoffnung, Zweifeln und Angst. Sie spürt, wie sie mehr und mehr zur Getriebenen wird von Emotionen, die sie kaum noch kontrollieren kann.

Gott sei Dank gibt es in Thomas' Zimmer einen Lehnstuhl, in dem man zur Not auch schlafen kann.

Hier kann sie sich anlehnen, die Augen schliessen und herüber dämmern in einen Zustand halber Entspannung, den sie dankbar geniesst als willkommenen Ausgleich zu ruhelosen Nächten.

Sie haben sich nicht zu früh gefreut: endlich die Gewissheit. Marias Stammzellen siedeln sich in Thomas' Knochenmark an.

Es gibt Momente der Freude und des Schreckens, die so intensiv sind, dass sie als unrealistisch empfunden werden. Wahrscheinlich eine Art Schutzfilter des Bewusstseins, um es vor zu extremen Erschütterungen zu schützen. Lisa hat gehofft, dass dieser lang ersehnte, hart erarbeitete Erfolg Thomas etwas mehr zur Ruhe kommen lässt. Das innere Beben, die Anspannung aber bleiben. Sie braucht nur seine Hand zu halten, um zu wissen, dass er noch lange nicht zur Ruhe kommen wird. Sie spürt, dass da Kräfte in ihm arbeiten, die ihn noch nicht frei geben wollen in sein neues Leben. Der Blutdruck schlägt gefährliche Kapriolen. Er ist entweder viel zu hoch oder aber zu niedrig, eine Strapaze für einen Herzkranken, objektiv messbar an einem viel zu hohen Ruhepuls. In den vierzehn Tagen vor Thomas' Entlassung lernt Lisa den Monitor gründlich zu verabscheuen. Er erinnert sie ständig daran, dass Thomas' Herzfrequenz viel zu hoch ist. Werden die Ausschläge zu bedrohlich, ertönt ein akustisches Signal, das sofort jemanden vom

Pflegepersonal auf den Plan ruft. Natürlich gibt es Medikamente gegen diese Probleme, aber sie addieren sich nur noch zu all den anderen, die Thomas ohnehin schon nehmen muss, um seinen geschwächten Körper vor Infektionen aller Art zu schützen. Sie wissen beide, dass alle diese Mittel neben den erwünschten auch unerwünschte Nebenwirkungen haben.

Bei den Mengen, die die Patienten einnehmen müssen, weiss niemand so ganz genau, welche unheiligen Allianzen die Wirkstoffe in einem Körper eingehen. Lisa hat sich abgewöhnt, nach Nebenwirkungen zu fragen. Es gibt keine Alternative, also hilft es ihr nicht, sich noch zusätzlich mit negativen Informationen zu belasten. Statt dessen versucht sie, sich darüber zu freuen, dass Thomas schon wieder sein Zimmer verlassen darf. Am Arm der Krankengymnastin macht er seine ersten Schritte über den Flur, mit Mundschutz, ein zerbrechliches Wesen aus einer fremden Welt. Lisa spürt, dass ihm die Welt der Gesunden Angst macht. Allmählich muss er den Kokon aus totaler Kontrolle, fein gesponnen aus der ständigen Fürsorge von Pflegern und Ärzten, verlassen. Die ersten Treppenstufen: eine Herausforderung für seinen fast sechzigjährigen Körper, der eine Tortur hinter sich hat und noch durchmacht, die mit Leichtigkeit viele Bände medizinischer Fachliteratur füllen würde, zählte man alle Einzelheiten auf.

Irgendwann stehen sie auf dem ersten Treppenabsatz. Nein, er sagt, die Treppe mache ihm keine

Angst, und dann sieht er sie an mit den vertrauten Augen, in denen schon wieder die Hoffnung und der alte Kampfgeist wohnen, und sie nimmt ihn wortlos in die Arme und würgt die Tränen aus Euphorie und bleierner Müdigkeit herunter, denen sie nur zu Hause erlaubt, sich Bahn zu brechen gegen ihre Selbstbeherrschung. Lisa weiss, dass sie als seine einzige Stütze nicht wanken darf, und das gibt ihr von Tag zu Tag die Kraft, für ihn da zu sein. Aber das innere Beben, das sie spürt, wenn sie seine Hand nimmt, will sich nicht beruhigen. Gewaltige Kräfte zerren an ihm, und sie ahnt, dass der Kampf noch längst nicht gewonnen ist.

Der Tag der Entlassung: ein strahlend kalter Januartag. Thomas steht neben Lisa im Fahrstuhl. Nach langen Wochen sieht sie ihren Mann wieder in seiner gewohnten Kleidung. Nur der Mundschutz erinnert noch daran, dass er in einer besonderen Situation ist. Immer wieder nimmt sie seine Hand, betrachtet ihn ungläubig, kann es nicht glauben, dass er heute mit ihr wirklich die Klinik verlassen kann. Er steht tatsächlich auf seinen eigenen Beinen ... für Lisa eine weitere dieser irrealen Szenen, von denen sie in den letzten Jahren schon so viele erlebt hat.. Situationen, die sie auf Grund ihrer Bedeutsamkeit nur mühselig in ihr Leben einordnen kann.

Hat sie auch an alles gedacht? Patienten, die gerade eine Knochenmarktransplantation hinter sich haben, müssen wie ein rohes Ei behandelt werden. Wenn sie den hoch sterilen Bereich verlassen, gelten immer noch strenge Vorsichtsmassregeln, um sie vor den gefürchteten bakteriellen oder Pilzinfektionen zu schützen. Das bedeutet im alltäglichen Leben: keine Pflanzen im Raum und eine strenge keimarme Diät. Bei Kontakten mit der Aussenwelt darf der Mundschutz nicht fehlen.

Die Unsicherheit der ersten Tage ist gross. Wieviel Belastung ist nötig, und wieviel erlaubt? Die Liste der Medikamente, der Dosierungen und Einnahmezeiten ist eine Din A 4 Seite lang, und Lisa verwendet einen grossen Teil des Tages darauf, die Tabletten in einen sinnvollen Essensplan zu integrieren, damit Thomas' geschwächter Körper die Mengen überhaupt verkraften kann. Lisa lernt, den Geschmack von Suppen und Brei immer wieder neu zu variieren, denn feste Kost ist für Thomas immer noch tabu. Seine hoch entzündeten Schleimhäute machen ihm das Schlucken fast unmöglich. Tapfer würgt er alles herunter, was sie ihm vorsetzt.

Sein Körper, abgemagert zum Skelett, braucht dringend jeden Liter Nahrung. Die dünnen Beine versagen mehr als einmal den Dienst, aber er weiss, dass er seine Muskeln trainieren muss. Die Medikamente zehren an der Muskelmasse des Körpers, und gegen diesen Prozess muss der Patient anarbeiten. Wie aber soll das funktionieren, wenn schon der Ruhepuls viel zu hoch und bei der geringsten Belastung noch weiter nach oben ausschlägt? Thomas' verzweifelte Versuche, wieder auf die Beine zu kommen, erinnern Lisa mehr als einmal an einen Käfer, der auf dem Rücken liegt und hilflos mit den Beinen strampelt. In der Ambulanz, die sie mehrmals pro Woche aufsuchen, ist er einer von vielen Patienten, denen es ähnlich ergeht. Ärzte und Schwestern kennen die Beschwernisse des Alltags ihrer Patienten und quittieren sie meist mit einem aufmunternden ,Weitermachen'. Thomas' Herz-und Blutdruckprobleme werden mit Medikamenten behandelt, aber es geht ihm nicht besser.

Wenn er sich unbeobachtet fühlt, sitzt er oft einfach nur da und starrt vor sich hin, sein Gesichtsausdruck macht Lisa Angst. Da sitzt ein Fremder, finster und ohne Hoffnung. Seine Zuversicht, mit der er bislang immer auf jedes noch so komplexe Problem reagiert hat, ist einer rastlosen Unruhe und wachsenden Skepsis gewichen. Nach den Mahlzeiten gönnt er sich kaum Ruhe, die er doch so nötig hätte. Die Trainingseinheiten, die er sich abverlangt, werden immer verbissener. Nicht einmal nachts kommt er mehr zur Ruhe. Die drei Liter Flüssigkeit, die er am Tag trinken muss, um die Mengen an Medikamenten auszuschwemmen, fordern ihren Tribut und lassen auch Lisa keinen Schlaf finden. Bei der kleinsten Bewegung schreckt sie hoch, er könnte doch ihre Hilfe brauchen.

Tag und Nacht verschmelzen für sie beide immer mehr zu einem Dauerzustand von innerer Unruhe, Angst und zunehmender Erschöpfung. Bei Lisa wächst das Gefühl von Hilflosigkeit von Tag zu Tag. Welche Kraft ist es, die ihn mehr und mehr von ihr entfernt? Er zieht sich zurück in eine Welt, die seine Augen verdunkelt und seinem Gesicht das Lächeln raubt. Wenn sie ihn in ihre Arme nimmt, legt er den Kopf an ihre Schulter und macht sich ganz schwer. Sein Körper und seine Seele scheinen unter einem wachsenden Gewicht zu ächzen. Bisher haben sie immer alles gemeinsam getragen.

Jetzt aber, das spürt Lisa, entfernt er sich unaufhaltsam von ihr, getrieben von einer gewaltigen Macht, die weder in Worten noch in Laborwerten zu fassen ist.

Was für ein Weg
Jeder Schritt eine Qual
Jeder Atemzug Kampf
Im Zentrum der Stille
Wenn Sprache versagt
Spricht nur noch
Die Liebe

14

Die Gestalt im Bett war klein und gekrümmt, die Augen halb geschlossen, wälzte sie sich ruhelos hin und her. Auf Lisas Anweisung hin hatten sie ihn mit Medikamenten ruhig gestellt, nachdem Thomas einige Male versucht hatte, sich die Infusionsschläuche heraus zu reissen. Er war in eine Art halb wachen Dämmerzustand gefallen, und Lisa war nie sicher, was er von seiner Umwelt mit bekam und was nicht. Die wievielte Nacht war sie nun schon hier bei ihm in der Klinik? Es gab kein Zeitgefühl mehr, seitdem sie befürchten musste, er würde sich etwas antun.

Ihr Einfluss auf ihn hatte gerade noch ausgereicht, um ihn dazu zu bringen, ihr zuliebe mit einem Notarzt in die Klinik zu fahren. Der Fall konnte komplizierter kaum sein: Thomas galt als Leukämie-Patient und war demzufolge auf der Station von Professor K., der ihn gut kannte und ihn schon vor der Transplantation behandelt hatte. Es gab eine Fülle möglicher Ursachen für seine psychische Veränderung. Der zu Rate gezogene Psychiater war der Meinung, er sei ein Fall für die Psychiatrie, aber Lisa war klar, dass man dort einen frisch transplantierten Leukämie Patienten unmöglich sachgerecht behandeln konnte. Ausserdem konnten Folgen der Transplantation an seiner Wesensveränderung Schuld sein, z.B. eine Gehirnhaut-oder eine Gehirnentzündung. Für Lisa stand fest, dass Thomas bei Professor K. am besten aufgehoben war. So blieb es bei gelegentlichen Besuchen des Psychiaters, während die Onkologen sich an die mühselige Ursachenforschung machten.

Die Hauptschwierigkeit in diesem Stadium der Behandlung war, dafür zu sorgen, dass Thomas seine lebensnotwendigen Medikamente verabreicht wurden, notfalls auch gegen seinen Widerstand.

Die Erfahrung des nie enden wollenden Albtraums, Tag und Nacht verschmelzen zu einer einzigen Einheit aus Schlaflosigkeit, Erschöpfung, Anspannung, Hoffnung, Verzweiflung. Lisa übernimmt die Nachtwachen, es gibt nicht genug Pflegepersonal für Sitzwachen am Bett. Um 21 Uhr kommt die Nachtschwester, und sie besprechen den Medikamentenplan. Das kleine Tischchen im Zimmer ist fast zu klein für die Infusionsflaschen und –schläuche, alle zwei Stunden wird gewechselt, zwischendurch steht Thomas auf, um zur Toilette zu gehen. Lisa stützt ihn, damit er nicht über den Infusionsständer stolpert, an den er angekoppelt ist. Die Beine versagen ihm den Dienst, er hat kaum noch Kraft, einen Fuss vor den anderen zu setzen. Lisas grösste Sorge ist, dass er hinfällt. Also lehnt sie ihn an der Wand an, um die Nachtschwester zur Hilfe zu holen. Die Kälte auf dem Flur, das fahle Neonlicht, die Schwester hat über 20, teilweise schwerst Kranke zu versorgen, nach einer Viertelstunde kommt sie endlich, ausser Atem, mit vereinten Kräften hieven sie Thomas in sein Bett.

„Er braucht einen Katheter", stellt die Schwester sachlich fest, „sonst geht alles ins Bett. Sie können ihn nicht ständig durch die Gegend schleppen, wenn er mal muss".

Lisa kriecht wieder unter die Decke, ihre Zähne klappern, sie weiss, dass es gegen diese Kälte kein Mittel gibt. Alle zwei Stunden klingelt sie, weil irgend eine der Infusionen durchgelaufen ist. Die Schwester ist dankbar für ihre Hilfe, in diesen Wochen lernt Lisa, bei einem Bettlägerigen die Laken zu wechseln und eine Bettflasche richtig anzulegen.

Sie ist die Einzige, mit der das Gespenst im Bett wenigstens noch ein paar Worte wechselt. Es verzieht keine Miene, die sonst so liebevollen Augen sind völlig starr und schwarz geworden. Wenn Professor K. zur Visite kommt, dreht es den Kopf zur Seite und verweigert ihm die Hand. Es muss eine schrecklich finstere Welt sein, in der Thomas nun lebt, aber Lisa gibt niemals den Versuch auf, ihn zu erreichen. Sein Lebenswille ist gebrochen, und sie weiss, dass Thomas verloren ist, wenn sie ihn jetzt fallen lässt. Nie fragt sie die Ärzte, wie die Chancen stehen. Das ernste Gesicht des Oberarztes bei den Visiten sagt genug über die Situation. Professor K. scheint immer für sie da zu sein.

Die Gespräche auf dem Flur über die nächsten Schritte der Therapie katapultieren Lisa weit in das Grenzland zwischen Leben und Tod, er bezieht sie immer mit in die Entscheidungen ein, wird so zu einem Stück greifbarer Hilfe für Lisa.

Sie frühstückt morgens auf dem Flur, in einer Nische, die für Besucher eingerichtet ist. Hier ist sie unter Menschen, die reden, ab und zu einen Witz machen und lachen, die ihrer Arbeit nachgehen, hier ist das Leben. Im Zimmer nebenan liegt die kleine starre Gestalt, völlig in sich zurückgezogen, mit ständig halb geöffneten Augen, gefangen in einer anderen Welt, sprachlos, ohne Hoffnung. Immer sieht sie ihn vor sich, egal, was sie tut, egal, wo sie auch ist, und sie weiss ganz genau: er braucht ihre Hilfe wie noch nie zuvor in seinem Leben. Nie kommt es ihr in den Sinn aufzugeben.

Von Tag zu Tag scheint sich Thomas immer weiter von allen zu entfernen. Da er Essen und Trinken verweigert, wird er künstlich ernährt.

Literweise wird Flüssigkeit durch seinen Körper gepumpt, damit die Nieren, die von den starken Medikamenten angegriffen werden, nicht den Dienst versagen. Auch das vorgeschädigte Herz muss gesondert überwacht werden.

Lisa muss sich immer wieder dazu zwingen, nicht an weitere mögliche Komplikationen zu denken. Tut sie es dennoch, wird ihr schwindelig vor Angst. Sie merkt, dass sie allmählich in einen Zustand des Ausser-sich-Seins gerät. Anderen gegenüber ist sie immer beherrscht, sachlich, verliert nie die Fassung, aber sie hat zunehmend das Gefühl, in zwei Hälften zu zerfallen: die eine funktioniert nur noch, kümmert sich um den Kranken, trifft alle gravierenden Entscheidungen mit, erledigt die anfallenden Formalitäten, informiert die Familie. Die andere kämpft gegen Angst, Erschöpfung, Schlaflosigkeit. Darunter leidet sie am meisten. Der Kopf hat sich verselbständigt, unerbittlich mahlt das Rad der Gedanken, nie findet sie Ruhe, sehnt sich nach Schlaf, der nie kommt. Irgendwann ist sie froh, wenn sie unter einer Decke liegen kann, um sich einfach nur auszustrecken und den Rücken zu entlasten, der sich anfühlt wie ein ständig grösser werdender Knoten.

Dann endlich, nach endlosen Labortests, ist die Ursache für Thomas' psychischen Absturz gefunden: Es handelt sich um eine Überfunktion der Schilddrüse, eine bei Männern sehr seltene Komplikation nach der Transplantation. Nun ist wenigstens klar, wie man dem Übel beikommen kann, der Medikamentenplan wird entsprechend geändert. Das bedeutet: noch mehr Tabletten, noch mehr Infusionen. Was kann ein Mensch ertragen, der sich ohnehin schon seit Monaten am Limit seiner physischen und psychischen Möglichkeiten bewegt? Lisa kann nichts anderes tun, als Thomas jeden Tag aufs neue das Gefühl zu vermitteln:

Hier bin ich, ganz allein nur für dich da. Ich beschütze dich und sorge dafür, dass es dir an nichts fehlt. Hab' keine Angst, alles wird gut.

Nach vierzehn Tagen Nachtdienst wird ihr klar, dass ihre Kraftreserven bald aufgebraucht sein werden, wenn sie sich keine Unterstützung holt. Thomas' zwei Schwestern sind gern bereit zu helfen, und so kann sich Lisa tagsüber für ein paar Stunden zu Hause zurückziehen, um Kraft für den Nachtdienst zu sammeln. Aber das Bett ist längst keine Fluchtburg mehr, in der sie Ruhe und Geborgenheit findet. Die Bilder aus der Klinik verfolgen sie, lassen sie nicht mehr los, nehmen ihr die Luft zum Atmen.

Der Hausarzt verschreibt ihr Spritzen zur Beruhigung. Nachdem sie einige rote Ampeln übersehen hat, ist Lisas grösste Sorge, nicht mehr fahrtüchtig zu sein. Die Spritzen hüllen alles in weiche Watte ein, sie scheint sich nur noch in Zeitlupe zu bewegen. Es gibt Restaurantbesuche mit der Familie und kurze Gespräche mit Freunden. Alle scheinen Galaxien von ihr entfernt zu sein, da ist keine Nähe mehr, nur noch Einsamkeit. Sie sieht und hört sich zu und wundert sich, wie gut sie immer noch funktioniert, eine Hülle, die tut, was man von ihr erwartet, obwohl sie nur noch aus Erschöpfung und Angst besteht.

Irgendwann dann, nach endlosen Tagen und Nächten, die selbst für Tränen keine Kraft mehr übrig lassen, sein erstes kleines Lächeln, als sie das Zimmer betritt.

Lisa lacht und weint: der gigantische Eisberg beginnt zu schmelzen.

Langsam, ganz langsam, tastet sich Thomas an das Leben heran. Die erste Schnabeltasse voller Tee, ein kleiner Triumph über die starre Resignation, die ihn wochenlang unterjocht hat. Auch zum Essen ist er noch zu schwach, seine zitternden Hände können kein Besteck halten. Also muss er gefüttert werden.

Eine Aufgabe, die Lisa den Schwestern nur allzu gern abnimmt. Dabei dient das Oberteil des Bettes als Rückenlehne, aber schon das aufrechte Sitzen ist für ihn so anstrengend, dass er beim Essen nach ein paar Bissen immer wieder einschläft.

Dennoch frohlockt Lisa: jeder Löffel Suppe, jedes Stückchen Brot sind kleine Siege in dem zermürbenden Kampf gegen die tödliche Koalition von körperlicher Schwäche und Resignation. Ganz allmählich beginnt Thomas wieder sich mitzuteilen. Er leidet immer noch unter dauernder Schlaflosigkeit, hinzu kommt noch ein Gefühl von Atemnot, von Eingeschlossen Sein, gegen das die Ärzte nichts ausrichten können. Die Medikamente gegen die Schilddrüsenüberfunktion haben nicht die Wirkung, die sich Lisa davon versprochen hat. Die Wochen vergehen, aber Professor K. verliert nicht die Geduld: „Transplantierte Patienten reagieren anders auf Medikamente. Der Körper stösst das Transplantat ab, der gesamte Organismus befindet sich in Aufruhr, wir müssen Geduld haben. Wenn alles nichts hilft, müssen wir die Schilddrüse heraus operieren".

Nur das jetzt nicht auch noch. Lisas Bewusstsein weigert sich, die Alternative einer Operation auch nur annähernd in Betracht zu ziehen. Die letzten Wochen haben ihr unerbittlich aufgezeigt, dass auch der stärkste Wille an seine Grenzen kommt, wenn die körperlichen Kraftreserven verbraucht sind. Sie ahnt, dass Thomas die zusätzliche Belastung einer Operation nicht verkraften kann. So ist Lisas gesamtes Sinnen und Trachten darauf ausgerichtet, ein Gespenst aus einer anderen Welt wieder ins Leben zurück zu holen. Sie ist dankbar für die Hilfe von Thomas' beiden Schwestern, die mit dafür sorgen, dass ihr Bruder nie alleine ist. Es ist in dieser Zeit ein gutes Gefühl zu wissen, dass sich nicht nur Fremde um Thomas kümmern, wenn sie das Krankenzimmer für ein paar Stunden verlässt. Lisa weiss, dass Schwestern und

Pflegepersonal ihr Möglichstes tun. Aber die Versorgung der schwer Kranken ist so aufwändig und Zeit intensiv, dass familiäre Hilfe höchst willkommen ist.

Magie

Himmel und Erde, Sturm und Wolken,
Wasser und Sand
Sind die Gefährten
Auf meinem Weg
Zu mir selbst
Salz auf der Haut, Wind in den Haaren
Fuss für Fuss
Durch die Spuren der Zeit
Die unter mir knirschen

Alles wird klein
Vor dem Lachen der Möwe
Werde ganz ruhig
Mit mir allein

15

„Sie wollen mir also sagen, Sie haben die gesamten letzten Jahre das Leben Ihres Mannes gelebt, nicht Ihr eigenes?"

Lisa braucht eine Weile, um den Inhalt der Frage zu begreifen. Das Gespräch mit der Therapeutin strengt sie an, einen so intensiven Gedankenaustausch mit einem Gesprächspartner ist sie nicht mehr gewöhnt. Sie ist hier, weil sie Ordnung in den Wust von Emotionen und Gedanken bringen will, an dem sie zu ersticken droht. Es wird Zeit für sie, Worte für die Bilder zu finden, die sie Tag und Nacht nicht mehr loslassen.

„Das könnte man so sagen", sie versucht ein Lächeln und würgt gleichzeitig aufsteigende Tränen herunter, eine Technik, die sie gut beherrscht. In den letzten Monaten hatte sie reichlich Gelegenheit, sie zu vervollkommnen.

Ganz allmählich, in der Zeit nach Thomas' Entlassung, lernte Lisa zu begreifen, dass es nicht mehr länger nur um sein Überleben ging, sondern auch um ihres.

Sie hätte doch allen Grund gehabt, froh zu sein. Froh, dass Thomas wieder auf seinen eigenen Beinen stand, froh, dass er wieder gelernt hatte, sich zu freuen, froh darüber, dass es ihr gelungen war, aus einem Gespenst wieder einen Menschen zu machen. Alle, Familie, Freunde und Ärzte, waren glücklich darüber, dass die ungeheure Kraftanstrengung vorüber war und dass er den Weg zurück ins Leben gefunden hatte. Wo aber war Lisas Freude, ihre Erleichterung, das Aufatmen in dem Bewusstsein, dass nun eine grosse Last von ihren Schultern genommen war?

Ihr Inneres scheint wie abgestorben, sie fühlt sich wie tot, und sie erschrickt vor sich selbst. In den ersten Monaten nach Thomas' Entlassung verschläft sie ganze Tage, alles fällt ihr schwer, manchmal muss sie sich schon zu Kleinigkeiten aufraffen.

Die alltäglichen Pflichten wie Kochen und Besorgungen erledigen werden ihr häufig schon zu viel. Wäre Thomas nicht so schwach und vollkommen auf ihre Hilfe angewiesen, sie würde sich ganz einfach irgendwo verkriechen, ohne das Haus zu verlassen. Familie, Freunde und Bekannte, alle sind begierig darauf, sie wiederzusehen. Schliesslich haben sie Monate lang gelebt wie die Eremiten in der kargen Zelle, zu der die Krankheit ihre beiden Leben gemacht hat. In dieser Zeit von Thomas' mühseliger Rehabilitation lernt Lisa die Frage: „Wie geht es dir?" gründlich verabscheuen. Tatsache ist, dass sie es nicht weiss. In ihrem Inneren herrscht ein solches Chaos von unverarbeiteten Gefühlen und Bildern, dass sie selbst Mühe hat, sich darin zurecht zu finden. Hinzu kommt, dass die Erwartungen ihres Gegenübers nur allzu deutlich sind. Alle gehen davon aus, dass jetzt ‚ja alles überstanden ist'. Es fallen immer wieder Sätze wie: „Das hat ja auch lange genug gedauert", wie wenn es sich um eine abgeschlossene Angelegenheit handele, etwas, das nun endgül-

tig hinter ihnen liegt. Sie weigert sich, über Thomas'
Prognose nachzudenken, denn die vergangenen Wochen und Monate haben sie so viel Kraft gekostet,
dass für optimistische Ausblicke in die Zukunft
nichts mehr übrig ist. Was ist überhaupt noch von ihr
selbst übrig? Was von dem Elan und der Zuversicht
der ersten Tage, als Chemotherapie und Transplantation noch abstrakte Begriffe waren und noch nicht
durchlittene Kapitel ihres Lebens, für immer en-
grammiert in ihrem Bewusstsein.

Es gibt niemanden, mit dem Lisa über ihre Gefühle sprechen kann. Thomas ist der letzte, mit dem
sie über ihre Sorgen reden will. Sie weiss, dass er alle
seine Kräfte für sich selbst braucht, denn jeder auch
noch so kleine Schritt bedeutet eine gewaltige Anstrengung für ihn.

Aus eigener Kraft aus einem Sessel aufstehen oder
eine Treppe nach oben steigen, das alles sind grosse
Herausforderungen für einen Organismus, der über
Monate dem Tod näher als dem Leben war. Lisa
weiss das, und sie ist sich dementsprechend darüber
im Klaren, dass Thomas gerade jetzt kein Bündel von
Problemen neben sich gebrauchen kann. Die Familie
oder Freunde möchte sie auf keinen Fall damit belasten. Alle freuen sich so über die Fortschritte, die
Thomas macht, dass sie sich mehr und mehr als Au-
ssenseiterin empfindet, als jemand, der das so mühsam zurück erkämpfte Stück Normalität nicht in Frage stellen sollte. Wenn ihr alles über den Kopf zu
wachsen droht, flieht sie in lange Spaziergänge in
den Wald. Hier kann sie ihren Tränen ungestört frei-

en Lauf lassen und anschliessend wieder tief durchatmen. Wenigstens von Zeit zu Zeit gelingt es ihr, die immer enger werdende Klammer um ihre Brust zu lockern. Gegen die wachsende Traurigkeit, die Lisas Bewusstsein einhüllt wie ein undurchsichtiges Gewand, ist sie machtlos. Irgendwann in dieser Zeit, in der sich ihrer beider Lebenskurven diametral auseinander entwickeln – Thomas' nach oben, seinen wachsenden Kräften entsprechend, Lisas nach unten als Folge ihrer inneren Kämpfe – zieht sie zum ersten Mal ernsthaft in Erwägung, einen Therapeuten um Rat zu fragen. Es ist eine ganz pragmatische Überlegung, die ihr immer häufiger durch den Kopf geht: ‚Wenn weder ich selbst noch jemand in meiner näheren Umgebung mir helfen kann, dann muss ich mir eben Hilfe von aussen suchen'. Lisa weiss, dass Thomas selbst nichts von derlei Hilfestellung hält. Es hat etwas mit seinem Selbstverständnis zu tun, mit seiner Einstellung: ‚Ich bin stark genug, alles aus eigener Kraft zu schaffen'.

Zwar hat er gerade die Grenzen dieser Einstellung schmerzlich erfahren müssen, aber Lisa akzeptiert seine Grundhaltung als das, was eine der ureigensten Eigenschaften ihres Mannes ausmacht: Den Glauben an sich selbst und seine Fähigkeiten.

Sie weiss, dass sie selbst auch allen Grund hätte, stolz auf ihre Leistung der letzten Jahre zu sein, stolz darauf, so erfolgreich für ihre gemeinsame Existenz gekämpft zu haben.

Dennoch wird dieser Gedanke immer stärker überlagert von einer alles überschattenden Traurigkeit, einem Gefühl der Vergeblichkeit, das alle Freude über die Fortschritte von Thomas dämpft. Sie kann sich selbst nicht leiden, wenn sie so empfindet, sie möchte so gerne so sein wie Thomas, der die Farben und Düfte von Frühling und Sommer in sich aufsaugt wie ein fast Verdursteter und sich daran freut wie ein Kind, das zum ersten Mal einen Schmetterling sieht.

„ Sie sind über Monate jeden Tag den Marathon gelaufen. Es ist kein Wunder, wenn Sie müde sind. Das können Sie ruhig nach aussen zeigen. Sie müssen nicht immer alles herunter schlucken, auch wenn es Ihnen mal schlecht geht. Das hält kein Mensch auf die Dauer durch". „Aber ich kann doch meinen Mann nicht auch noch mit meinen eigenen Sorgen belasten". Zweifelnd sieht Lisa ihre Therapeutin über den Schreibtisch hinweg an.

„Sie müssen ihn sogar damit belasten, sonst kann er Ihre Reaktionen nicht einordnen. Wenn Sie ihm sagen, wie es in Ihnen aussieht, kann er sich besser darauf einstellen. Er merkt ohnehin, wenn es Ihnen nicht gut geht".

Die Ärztin hat Recht. Mit den sensiblen Antennen eines Kranken ertastet Thomas jede Stimmungsschwankung bei Lisa.

Anfangs hat sie immer versucht, seinen dementsprechenden Fragen auszuweichen und ihn ziemlich ratlos zurückgelassen. Allmählich wird ihr klar, dass es keinen Sinn macht, solchen Gesprächen aus dem Weg zu gehen. Wenn sie nicht lernt, wieder mehr an sich zu denken, wird ihre Beziehung zu Thomas darunter leiden wie unter einer chronischen Krankheit. Sie ist es so müde, zwischen den Polen Hoffnung und Angst hin und her gezerrt zu werden mit dem wachsenden Gefühl von hilflosem Ausgeliefertsein, das sich mit jeder Komplikation nur noch steigert.

„ Wenn eine Therapie dir hilft, dann hilft sie auch mir, wenn es dir dadurch besser geht." Thomas nimmt sie in die Arme, und Lisa ist froh, dass er so verständnisvoll reagiert.

Frühling und Sommer nach der Transplantation können sie noch geniessen als neues geschenktes Leben, aber dann zwingt eine gefährliche Viruserkrankung Thomas wieder in die Klinik. Sein Immunsystem ist so schwach, dass sich der Körper nicht aus eigener Kraft gegen den Erreger zur Wehr setzen kann. Die Medikamente müssen geändert werden, und das so mühsam austarierte künstliche Gleichgewicht, die Basis für sein Überleben, gerät immer mehr aus der Balance. Es ist ein schleichender Prozess, aber es geht ihm von Woche zu Woche schlechter. Seine Haut auf dem Rücken beginnt wieder sich zu röten wie in der Zeit nach der Transplantation, und dann kommt der Husten dazu, ein heiseres Bellen, das ihm sogar das Essen verleidet. Weihnachten dann die Diagnose: schwere doppelseitige Lungenentzündung, wobei die Ursache zunächst unklar bleibt. Es folgen langwierige umfangreiche Labortests, die Ärzte schliessen einen herkömmlichen Erreger aus.

„Verstehen Sie, sie konnten ihm nicht helfen, dabei ging es ihm immer schlechter. Zum Schluss haben sie ihm Gewebe aus der Lunge operiert, um herauszukriegen, was mit ihm los ist. Da konnte er ohne Sauerstoffmaske kaum noch atmen". Wieder zieht der Endlos-Film durch ihr Bewusstsein: Thomas im Bett sitzend, nach Luft ringend, um sein Leben kämpfend, zum wievielten Mal, der es immer wieder schafft, sie anzulächeln, dem sie vor Monaten seine verlorene Hoffnung zurück gegeben hat, die sie nun ihrerseits so schmerzlich vermisst.

Lisa spürt die Tränen über ihr Gesicht rinnen, aber sie macht nicht länger den Versuch, sie zu verbergen. Zwischen ihr und der Therapeutin ist eine Art von Vertrautheit entstanden, die es Lisa erlaubt, ihre Kontrolle zu lockern, die Kontrolle über sich und ihre Emotionen, die sofort greift, wenn sie mit anderen zusammen ist. Und dann platzt sie, völlig überraschend für sich selbst, heraus: „Ich hab das alles so satt, ich will raus aus dieser verdammten Abhängigkeit". Fast erschrickt sie vor dem Inhalt ihrer eigenen Worte.

„Können Sie das näher erklären?" Die Therapeutin hat sich Zeit mit der Frage gelassen.

„Ich meine, ich will nicht immer nur der Reflex auf seine Befindlichkeit sein. Ich brauche mehr Freiraum für mich selbst, manchmal habe ich das Gefühl, dass es mich gar nicht mehr gibt. Verstehen Sie, es geht immer nur um diese Krankheit, um Laborwerte, um Infektionen, um Risiken. Ich weiss schon gar nicht mehr, wie das ist: einfach nur fröhlich zu sein "

Die Ärztin nickt: „Gut, dass Sie selbst darauf kommen. Sie müssen sich Kraftquellen schaffen, sonst halten Sie das alles nicht durch. Nehmen Sie sich jede Woche etwas vor, was Sie interessiert, was Ihnen Freude macht. Für ein paar Stunden können Sie Ihren Mann ja wohl mal alleine lassen".

Im Laufe der Therapie begreift Lisa, wie wichtig es für sie ist, sich wieder an das ,normale Leben' heran zu tasten. Sie besucht jetzt Sport- und Gymnastikkurse. Es ist schön, einfach abzuschalten und sich nur auf Bewegungsabläufe zu konzentrieren. Die Atmosphäre in den Gruppen ist freundlich und lokker, aber ihr wird auch bewusst, dass sie den unverbindlichen ,Small Talk' mit den anderen erst wieder lernen muss.

Aber sie beginnt, sich auf ihren kleinen Inseln der Entspannung zunehmend wohl zu fühlen. In der langen Zeit von Thomas' Krankenhausaufenthalten war sie einige Male mit Thomas' Schwester in der Oper und im Ballett. Familie und Freunde sind rührend um sie besorgt, an Einladungen zum Essen oder Gesprächen mangelt es nie. Aber Lisa macht nur sehr eingeschränkt von diesen Hilfsangeboten Gebrauch. Sie möchte andere nicht zu sehr mit ihren Problemen belasten, und darüber hinaus findet sie oft nicht die Kraft, nach einem Tag in der Klinik die andere Welt zu besuchen. Sie kann sich nicht freimachen von den Bildern, die sie bis in ihr Bett verfolgen und sie nicht schlafen lassen. Es sind immer dieselben Bilder, die eine unheimliche Macht über ihr Bewusstsein gewonnen haben und so beherrschend sein können, dass sie sich mitunter in einem Supermarkt wiederfindet und völlig vergessen hat, was sie da überhaupt will. Die Welt der Gesunden ist ihr fremd geworden, und jedes Gespräch mit Freunden und Bekannten über ganz alltägliche Dinge erinnert sie schmerzlich daran, dass sie nicht mehr dazu gehört. In ihrer Welt ist es zu lange nur ums Überleben gegangen, als dass sie noch für Themen wie Urlaub und Freizeitgestaltung echtes Interesse aufzubringen in der Lage gewesen wäre.

„Ich bin die Mondfrau aus einer anderen Welt, weit weg von unserer. Ich habe Dinge gesehen und erlebt, von denen die anderen keine Vorstellung haben. Ich war immer alleine damit, mit wem sollte ich darüber reden?"

„Jetzt zum Beispiel, mit mir, das ist doch schon ein Anfang".

Lisa nickt und ergänzt: „Jedes Mal, wenn ich aus Ihrer Praxis komme, geht es mir etwas besser. Ich habe dann immer das Gefühl, was Sinnvolles für mich zu tun, für mich ganz allein".

Zum Abschied rät ihr die Ärztin: „ Versuchen Sie, wieder mehr an sich zu denken. Wenn Sie ausgeglichener sind, profitiert auch Ihr Mann davon".

Vor ihnen leuchtet der Waldweg im Frühsommer. Die weiche Luft und das junge Grün streicheln graue Seelen wach, locken müde Lebensgeister zum Tanz. Lisa betrachtet ihren Mann von hinten, er geht ein paar Schritte schneller als sie, so als wolle er den Wald und die Welt stürmen. Der dichte Haarschopf ist so dunkel wie früher, und auch die Schultern sind wieder rund, der Gewichtsverlust fast ausgeglichen.

„Warte mal, ich muss dir was sagen". Er dreht sich zu ihr um und sieht sie erwartungsvoll an.

„ Was hältst du davon, wenn ich dabei mit helfe, eine Selbsthilfegruppe für Patienten und Angehörige aufzubauen? An der Klinik von Professor K. gibt es so was noch nicht. Da könnte ich mich vielleicht nützlich machen".

„ Fühlst du dich bei mir etwa nicht nützlich genug?"

Bevor sie sich näher erklären kann, nimmt er sie in seine Arme: „ Ich finde, das ist eine hervorragende Idee. Meine Frau sucht eine neue Aufgabe, und das ist gut so. Ich wüsste keine, die dafür besser geeignet wäre".

Als Antwort drückt sie ganz fest seine Hand.

Lisa reckt und streckt sich den wärmenden Strahlen der Sonne entgegen: der Winter war lang, nun wartet das Leben.

Umarmung

Dein Lächeln am Morgen
Trägt mich durch den Tag
Was auch kommt
Klein oder gross
Sieg oder Niederlage
Was kann schon passieren
Bis zum Abend
So lang deine Augen
Für mich
lächeln

Der spezielle Dank der Autorin gilt:

Prof.Dr. C. Aul, dem Leiter der Med. Klinik II des St. Johannes Hospitals in Duisburg-Nord und dem gesamten Pflege- und Ärzteteam der Station 2

Prof.Dr. U. Schäfer(†), dem Leiter der Klinik für Knochenmarktransplantation der Universitätsklinik in Essen und dem Pflege- und Ärzteteam der Station 2

Hannelore Hoeren, Stammzellenspenderin für ihren Bruder

Sie alle haben durch ihren engagierten und unermüdlichen Einsatz meinem Mann ein neues Leben ermöglicht. Sie waren verlässliche Gefährten in schwerer Zeit.